처세 9단의 다정한 철학

처세 9단의 다정한 철학

잘 보이려 애쓴 만큼 더 지치는 당신에게

초 판 1쇄 2025년 02월 27일

지은이 김태이
펴낸이 류종렬

펴낸곳 미다스북스
본부장 임종익
편집장 이다경, 김가영
디자인 임인영, 윤가희
책임진행 김은진, 이예나, 김요섭, 안채원, 장민주

등록 2001년 3월 21일 제2001-000040호
주소 서울시 마포구 양화로 133 서교타워 711호
전화 02) 322-7802~3
팩스 02) 6007-1845
블로그 http://blog.naver.com/midasbooks
전자주소 midasbooks@hanmail.net
페이스북 https://www.facebook.com/midasbooks425
인스타그램 https://www.instagram.com/midasbooks

ISBN 979-11-7355-099-7 03810

값 **18,000원**

잘 보이려 애쓴 만큼 더 지치는 당신에게

처세 9단의
다정한 철학

| 김태이 지음 |

미다스북스

1장 처세 1단계,
내면의 당당함

2장 처세 2단계,
흔들리지 않는 지혜

프롤로그

고독 속에서 피어난
처세의 지혜

어느 날 문득 이런 생각이 들었다. '나는 왜 인간관계에 이렇게 힘들어할까? 사람들과의 관계 속에서 왜 쉽게 지치고 흔들릴까?' 누구나 겪는 일이라며 스스로를 다독였지만 내면 깊은 곳에서는 외로움과 불안이 끊임없이 올라왔다.

처음에는 문제의 원인을 외부에서 찾았다. "내가 너무 예민한 걸까?"라는 질문을 던지면서도 결국 상대방의 태도와 말에 더 신경을 쓰게 됐다. 하지만 그런 접근은 오히려 나를 더 지치게 만들었다. 마음은 더 무거워졌고 인간관계에서 느끼는 부담감은 날로 커졌다. 그렇게 점점 사람들과의 관계에서 해방되고 싶다는 갈망에 사로잡혔다. 그러다 곧 깨달았다. 문제의 근원은 바깥이 아니라 내 안에 있었다는 것을. 사람들의 시선과 평가에 매달리며 스스로를 잃어 가고 있었다. 이 사실을 자각한 순간, 그동안 외면했던 내면을 돌아보기 시작했다.

내가 할 수 있는 첫 번째 변화는 '나'를 바로 세우는 일이었다. 누군가의 기대에 맞추기보다는 스스로에게 집중하는 것. 내 삶의 방향을 다시 잡아나가는 과정은 쉽지 않았다. 실패도 많았고 좌절도 자주 찾아왔다. 하지만 차근차근 나를 돌아보고 내면을 채워가는 과정에서 비로소 인간관계의 속박에서 벗어나게 되었다. 한때는 '좋은 사람'으로 보이기 위해 애썼던 나였지만 이제는 누가 어떻게 생각하는지는 중요하지 않다. 중요한 것은 내가 나를 어떻게 대하느냐이다. 인간관계는 '나를 성장시키는 하나의 배경'일 뿐이라는 깨달음이 자유롭게 만들었다.

이 책, 『처세 9단의 다정한 철학』은 그 과정을 거치며 깨달은 진짜 처세에 대한 이야기다. '처세'라는 말을 들으면, 많은 이들이 사람을 다루는 기술이나 교묘한 말재주를 떠올린다. 하지만 이 책에서 말하고 싶은 인간관계에서의 처세는 그런 겉모습이 아니다. 그것은 단단한 내면에서 비롯되는 힘, 흔들리지 않는 삶의 지혜이다. 처세의 시작은 스스로를 사랑하고 존중하는 데서 출발한다.

철학 역시 철학자들의 이념이나 복잡한 개념을 떠올리기 쉽다. 소크라테스, 플라톤, 칸트 등의 이름이 떠오르고 그들의 사상은 일상과 멀게만 느껴지기도 한다. 하지만 철학은 결코 거창한 것이 아니다. 나에게 철학은 '생각하고 고민한 끝에 행동으로 옮기는 나만의 원칙'이다. 그 누구의 가르침이라기보다 직접 겪고 느낀, 삶 속에서 길어 올린 나만의 철학.

누구나 자신만의 철학을 가지고 인생을 살아간다. 경험과 가치관이 쌓일수록 그 철학은 단단해지기도 하고, 때로는 흔들리기도 한다. 나 역시 관계 속에서 끊임없이 흔들리며 스스로에게 수많은 질문을 던졌다. 이 책을 출간하며 가장 많이 떠올린 질문은 하나다. "왜 인간관계는 나를 이렇게도 괴롭게 만들었을까?" 그건, 내가 스스로를 괴롭게 만들었기 때문이었으리라. 더 이상 관계의 굴레 속에서 나를 잃지 않는다. 나의 글을 통해 누군가가 같은 어려움을 겪고 있다면, 이 책이당신에게 작은 위로와 용기를 주고, 스스로를 위한 다정한 기준을 세우는 데 도움이 되기를 바란다.

처세 1단계,
내면의 당당함

'E'에서
'I'가 된 엄마

'우리 회사는 MBTI 성격유형검사에서 I 유형은 지원할 수 없습니다.'라는 문구가 한때 커뮤니티에서 논란이 되었다. 당시 MBTI 성격유형에서 'E'유형이었던 나는 조금 안도했다. 'E'성향이 긍정적인 것으로 인식되는 분위기였기 때문이다. 51:49로 'I'성향이 된 지금 생각해 보면 그 기사를 보고 안도했던, 아무것도 이룬 것 없이 'E'유형이라는 이유로 자랑스러워했던, 내가 조금 쑥스럽다.

성향이란 것은 어느 정도 타고난다. 나는 아주 어릴 때부터 흥이 많고 열정적이었다. '내가 주인공이 되어야 해.' 라는 강박으로 행동하는 나르시시스트는 아니었지만 사람들과 어울리기 좋아해서 나의 수식어는 분위기메이커였다. 그래서인지 주변이 항상 사람들로 가득했다.

좋은 사람과 좋은 관계만 맺으면 얼마나 좋을까마는, 확률은 그렇지 않음을 여실히 보여 준다. 나와 맞지 않는 사람 100명 중 10%면 10명이지만 10명의 10%는 1명이다. 1명은 나에게 타격을 주지 않지만 10명은 나에게 쓰나미와 같은 타격을 준다. 많은 사람과 관계를 맺고 있다고 해서 좋은 것은 아니다.

아이를 낳고 아이들이 유치원에서 사회생활을 시작할 무렵, 내면이 단단한 아이로 자라길 바라는 마음에 고민했다. 그 고민의 결과로, 나는 'I'가 되고자 자처했다.

혼자 있는 시간을 늘렸다. 독서와 글쓰기는 내면을 채우고, 요가와 명상은 몸과 마음의 건강함을 유지하게 했다. 구내식당에서 혼자 밥을 먹는 것도 좋아졌고 조용히 사색하며 보내는 시간의 소중함을 한번 느끼게 되니 이제는 혼자만의 시간이 꼭 필요한 사람이 되었다. 그리고 새로운 사람을 만

나는 것보다 이미 인연을 맺고 있는 사람들에게 집중하는 것이 편해졌다.

내가 좋은 사람이고 상대방도 좋은 사람이라면 시간이 걸리겠지만 서로는 분명 알아볼 것이다. 그런 느긋한 마음으로 인간관계를 하다 보면 서둘러서 낯선 사람과 친해질 필요가 없다. 당장 무엇인가를 보여 줘야 한다는 생각에서 벗어나게 되면 마음이 편해지고 상대와의 관계에 목매지 않게 된다.

오늘 하루만으로는 서로의 진면목을 알기 어려울 수 있다. 하지만 '나는 좋은 사람이니, 상대도 좋은 사람이라면 자연스럽게 끝까지 인연이 이어질 것'이라는 내면의 당당함이 관계에 여유를 불어넣는다. 여유는 모든 곳에서 단숨에 문제를 해결해 주었다. 급하게 하다 보면 놓치는 것들이 생기고, 지나고 나면 그것이 가장 중요한 〈원씽〉이었음을 깨닫게 된다. 후회와 자책은 결국 이러한 여유 부족에서 비롯된다.

이렇게 관계에서 숨 쉴 곳을 찾은 나는, 전보다 힘을 빼고 잘 보이려는 마음을 내려놓는다. 아무것도 아닌 것 같아 보이는 이 작은 변화는 여유라는 이름으로 상대방이 한 발짝

다가올 공간까지 만들어 낸다.

메타인지

무엇을 알고 무엇을 모르는지, 이해되지 않은 것이 무엇인지를 분명히 알아야만 앞으로 나아갈 수 있다. 흐렸던 눈이 선명해지는 이 느낌은 모든 나의 행동 판단에 무적의 내면을 선물한다. 메타인지를 충분히 거친 사건이라면 결과가 어떻게 되든 받아들일 준비가 된 것이다. 내가 어찌할 수 없는, 나의 통제를 벗어난 일에 대하여 그대로 흘러가게 내버려 둘 수 있게 된다. 무엇을 알고 무엇을 모르는지, 진정으로 원하는 것이 무엇인지를 분명히 아는 것이 단단한 내면의 시작이다. 메타인지는 단순한 자기 인식의 과정을 넘어 삶의 방향과 관계의 방식을 정리하고 조율하는 중요한 도구가 된다.

'E'성향이었던 내가 'I'성향이 되는 과정에서 이 메타인지가 중요한 역할을 했다. 한때는 자랑스럽게 여겼던 활발한 사교성과 외향적 에너지 뒤에 숨겨진 내면의 불안함과 피로감을 보게 된 것이다. 혼자만의 시간을 통해 내 삶을 다시 점검했고 사람들과의 관계에서 무엇이 필요하고 불필요한지 분명하게 알게 되었다. 이제는 관계에서 완벽하지 않아도 괜찮다는 여유가 생겼다. 내가 나를 온전히 이해하게 되었을 때, 더 이상 모든 관계를 성공적으로 만들어야 한다는 압박에서 벗어날 수 있었다. 메타인지란 결국, 내 삶의 주도권을 내가 쥐도록 도와줬다.

나를 있는 그대로 인정하고 상대를 있는 그대로 받아들이는 마음. 그것이 관계를 맺고 살아가는 우리에게 필요한 진정한 내면의 힘이다. 그 어떤 관계에서도 가장 중요한 시작은 나 자신을 마주하는 일이다. 내 안의 생각과 감정을 명확히 이해할 때 관계는 억지로 맺어지는 것이 아니라 자연스럽게 흘러간다.

이제 느긋하게 기다릴 수 있다. 나와 맞는 사람, 나의 진짜 모습을 알아봐 줄 사람과의 관계는 서두르지 않아도 자연히 이어질 것이다. 그 여유가 내게 진정한 삶의 균형을 선물했다. 더 이상 외부의 평가에 흔들리지 않고 나 자신으로 살아갈 수 있는 용기를 가져다준 것. 그것이야말로 'E'에서 'I'로 바뀌며 얻은 가장 큰 선물이다.

MBTI 성격유형 검사는 당시의 역할이나 상황에 따라 'E'인지 'I'인지 달라질 수 있다. 그렇다면 이제 그 구별 자체가 중요한 것은 아니다. 중요한 건 나의 에너지가 바깥으로 향하는지, 안으로 향하는지를 인식하는 것이다. 혹시 바깥으로 너무 많이 향해 있다면 핸들을 돌려 안으로 향하도록 시도해 보는 것이다.

나 자신을 안아 주고 위로해 주어
따뜻해진 나의 내면에 여유라는 당당함이 깃들면
처세 9단의 첫 단추가 시작된다.

내면의 적과 화해한
프로예민러

당신의 적은 무엇인가?

내 안에 존재하는 적을 떠올린다. 나의 적은 바로 '예민함'
이다. 사람들은 예민함을 장점으로 포장하기도 하지만 나에
게 예민함은 때로 삶을 버겁게 만드는 무거운 짐이었다.

신체적 예민함은 사회적 예민함으로 이어졌다. 작은 소리,
미세한 냄새, 주변 사람들의 미묘한 표정 변화까지 민감하게
감지되었고 그 모든 것이 나를 혼란스럽게 만들었다. 게다가
정리되지 않은 공간은 나를 불안하게 만든다. 지금도 청소는
내 기분을 가장 빠르고 확실하게 회복시키는 방법이다.

이런 예민함은 더 깊이 사색하게 만드는 동시에 짓누르기도 한다. 책을 읽고 글을 쓰고, 요가와 명상을 시작한 이유도 이 때문이다. 내면의 평온을 찾고 싶었다.

과거의 나는 예민함을 숨기고 부정하려 애썼다. 스스로를 질책하며, '왜 이런 작은 일도 그냥 넘기지 못할까?' 자책할수록 예민함은 오히려 더욱 날카로워졌다. 내 본질을 부정하면 할수록 그 부정이 나를 고립시켰던 것이다.

변화는 예민함을 있는 그대로 받아들이기로 한 날부터 시작되었다. 스스로에게 말했다. '그래, 나는 예민하다. 남들과 다르게 반응한다. 하지만 그것도 나다.' 이 말을 스스로에게 들려준 순간, 마음이 한결 가벼워졌다. 예민함이 약점만은 아니라는 것도 깨달았다.

물론 지금도 특정한 소리나 냄새에 민감하게 반응할 때면 여전히 예민함이 나를 압도하려 한다. 그러나 예전과는 달라진 점이 있다. 더 이상 그 감각에 사로잡히지 않는다. 예민함을 인정하자 그 감각을 조절할 수 있는 여유가 생겼다.

아이들을 키우며 예민함을 새로운 시각으로 바라보게 되었다. 특히 첫째 아이는 나의 예민함을 그대로 물려받았다. 낯선 환경에서 불안을 느끼는 아이를 보며 그 감정을 누구보다 잘 이해할 수 있었다. 처음에는 어떻게 도와줘야 할지 몰라 막막했지만 아이들의 예민함을 인정하고 기다려 주는 방법을 배우면서 나 스스로도 변하기 시작했다. 아이들은 자신의 불안을 솔직히 표현할 수 있는 공간에서 점차 스스로 마음을 다스리는 법을 익혔다.

이 과정에서 중요한 교훈을 얻었다. 예민함을 수용 받아본 경험은 자기 자신을 이해하는 힘을 길러준다는 것. 그리고 이 교훈은 나에게도 그대로 적용되었다. 예민함을 숨기려 하기보다 그것을 있는 그대로 받아들이고 나니 내 삶도 조금씩 평온을 찾게 되었다.

예민함이 준 선물: 사색과 글쓰기

예민함은 사색하게 만든다. 남들이 쉽게 지나치는 것들을 예리하게 포착하고, 그에 대한 글을 쓰며 즐거움을 느낀다. 예민한 감각 덕분에 세상을 더 깊고 풍부하게 바라볼 수 있게 된 것이다. 되돌아보는 습관은 단순히 반성에 그치지 않는다. 스스로를 객관화하고 놓치고 있던 부분을 인지하는 데 도움을 준다. 결국, 나의 예민함은 내 삶에 깊이를 더하고 글쓰기를 통해 나를 성장시키는 중요한 도구가 되었다.

타인의 시선으로부터 자유로워지다

사회적 예민함은 과거의 나를 지치게 했다. 타인의 표정이나 말 한마디에 과민하게 반응하며 그들의 의도를 파악하려 애썼다. 그러나 이런 습관은 나를 점점 더 소진시킬 뿐이었다.

이제는 다르다. '저 사람의 모든 행동은 내 과제가 아니다.'라는 생각이 나를 자유롭게 만든다. 타인의 판단은 그들의 몫일 뿐, 내가 통제할 수 없는 부분이라는 사실을 받아들이니 훨씬 더 여유가 생긴 것이다.

내면의 평온을 찾아가는 여정은 여전히 진행 중이다. 하지만 예민하다는 사실을 인정하고 받아들였을 때, 삶의 흐름이 조금 더 편안해졌다. 과거에는 예민함을 없애려 했다면 이제는 그것과 화해하는 법을 배웠다. 예민함은 더 이상 나를 괴롭히는 적이 아니다. 그것은 나를 깊이 이해하게 하고, 삶을 더 풍요롭게 만드는 나의 일부다.

당신 내면의 적은 무엇인가?

당신은 매일 어떤 적과 싸우고 있는가? 그 싸움에서 지쳐가고 있지는 않은가?

혹시 그 적은 없애야 할 것이 아니라 이해하고 받아들여야 할 무언가는 아닐까?

내면의 적과 화해하는 것은 결국 나 자신을 받아들이는 과정이다. 완벽하지 않아도 다른 사람들과 다르더라도 괜찮다는 것을 깨닫는 순간, 마음의 평화는 시작된다. 그리고 그 평화는 삶을 더 넓고 깊게 만들어 준다.

예민함은 나를 가두는 족쇄가 아니라, 나를 더욱 단단하게 만들어 주는 힘이다.

나를 위한
마음

12시가 다 되어 회식이 끝났다. 택시를 부르며 떠들썩했던 몇 시간을 되돌아본다. 정신없이 웃고 떠들던 순간들, 사람들의 이야기에 울컥했던 감정들, 그리고 그들의 마음을 헤아리려 했던 그 시간들. 회식 자리는 늘 그렇다. 시끌벅적한 대화와 웃음 사이로 각자의 이야기가 스며든다. 묘한 여운을 곱씹으며 택시를 기다렸다.

기다리던 택시가 도착했다. 차에 오르자 눈앞의 풍경이 흥미로웠다. 천장에는 독특한 엠보싱 무늬가 새겨져 있었고 은은한 조명이 공간을 감쌌다. 좌석 커버와 바닥 매트까지 세

심하게 신경 쓴 흔적이 곳곳에 배어 있었다.

"와, 기사님. 택시가 너무 예쁘네요. 미적 감각이 남다르세요. 개인택시를 하신 지 오래되셨나 봐요."

칭찬을 건네자마자 돌아온 대답은 뜻밖이었다.

"개인택시 아니에요. 회사 차량입니다."

"네? 회사 차량이요?"

그냥 보기에도 몇백만 원은 족히 들었을 법한 인테리어였다. 내 것이 아니라면 굳이 돈을 들여 꾸밀 이유가 없다고 생각한 나는 순간 놀라움에 눈이 휘둥그레졌다. 기사님은 대수롭지 않다는 듯 말했다.

"회사 차량이긴 하지만 주로 제가 운전합니다. 하루 종일 차 안에서 보내다 보니 이렇게 꾸며놓으면 기분이 좋더라고요."

그제야 이해가 갔다. 이 차를 타는 손님들은 길어야 몇십 분 머무르겠지만 하루 종일 이 차 안에 머무르는 사람은 기사님 자신이다. 자산으로 남지 않는다는 걸 알면서도 자신이 가장 오래 머무는 공간에 꽃을 심는 마음.

생각해 보면 사람과의 관계도 비슷하다. 남들에게 보여 주기 위해 친절하게 대하고, 좋아 보이기 위해 억지로 미소 짓는 것은 오래가지 못한다. 결국 관계의 중심은 나 자신에게 있다. 내가 편안하고 내가 좋아야 남과의 관계도 건강하게 이어질 수 있다. 택시는 기사님이 하루의 대부분을 보내는 공간이다. 손님을 위한 듯 꾸며졌지만 그 안에 담긴 건 자기 자신을 위한 마음이다.

그 마음을 떠올릴수록 경외심이 일었다. 자신의 시간을 자신답게 채우고, 하루를 기분 좋게 만들기 위해 공간을 가꾼다는 것은 얼마나 귀한 태도인가. 자신을 돌보는 이들의 태도는 타인에게도 은연중에 전해진다. 자신이 가진 것을 허투루 대하지 않고 자신의 행복을 먼저 살피는 이들. 그들은 자기 자신을 소중히 여기며 살아간다. 그 마음이 곧 삶에 스며들고 주변까지 따뜻하게 만든다. 기사님과 그 택시에서 잠시 머무는 동안 마치 꽃이 핀 정원에 앉아 있는 기분이었다. 찬 바람 부는 새벽에도 이상하게 온기가 느껴지는 듯했다. 이런 마음을 실천한다는 건 얼마나 용기 있는 일인가. 바쁘고 복잡한 삶 속에서 대부분의 사람은 자신보다 타인의 시선을 더 의식하고, 보이지 않는 기준에 맞추려 애쓴다. 하지만 자신을 위한 마음을 놓치지 않는다는 건, 주변에 휘둘리지 않고 스스로를 단단히 세운 사람만이 할 수 있는 일이다.

차를 내려 집으로 향하며 조용히 다짐한다. 나도 내 하루를 조금 더 소중히 여겨야겠다고. 내 공간, 내 마음, 그리고 내가 머무는 시간을 더 사랑해야겠다고. 그것이 결국 내 삶을 더 풍요롭게 하고 나를 통해 누군가도 행복을 느낄 수 있게 만드는 길이라는 확신이 든다.

살다 보면 종종 마주치는 사람들이 있다. 눈에 띄는 존재는 아닐지라도, 그들의 태도는 단단하면서도 따뜻하다. 그들은 자기 자신을 존중하며 그 마음으로 삶을 가꾼다. 그리고 그들의 하루에는 언제나 작은 꽃 한 송이가 피어난다.

> "자기 자신과 사랑에 빠지는 것은 평생 지속될 로맨스다."
> -오스카 와일드

나에게
친절한 하루

책을 살 때면 보통 에필로그보다 프롤로그를 먼저 읽어 본다. 그런데 그날은 달랐다. 책의 프롤로그조차 펼치지 않고 제목만 보고 책을 구매했다. 『내가 한 말을 내가 오해하지 않기로 함』(문상훈). 책의 내용과 상관없이 그 제목 하나가 나를 사로잡았다. 왜였을까? 솔직히 말하면 정확히 설명하기 어렵다. 그날의 나는 아마도 위로가 필요했던 것 같다.

나는 스스로를 '프로예민러'라고 부른다. 지난 글에서도 썼듯이 나의 예민함은 때로는 나를 고립시키고 나를 힘들게 한다. 상대방은 아무렇지 않은데 내 말을 스스로 되뇌며 '혹시 그 말이 실수였던가?', '그 말이 상대에게 상처가 되지는 않았을까?'라는 생각에 스스로를 괴롭히며 하루를 망칠 때도 있었다. 내가 한 말을 내가 오해하는 지경에 이른 것이다. 그때로부터 많이 자유로워진 지금도 여전히 나 자신에게 친절하지 못한 순간들을 마주한다. 그래서 스스로를 조금 더 친절하게 대하며 하루를 만들어 가는 방법에 대해 이야기하고자 한다.

"오늘은 괜스레 컨디션이 저조하고 기분 나쁜 날이야." 여자들은 호르몬의 영향을 받지 않는 날이 한 달에 5일도 되지 않는다. 조금 과장된 것처럼 보이는 이 말은 내가 좋아하는 회사 선배가 해 준 말이다. "그러니 태이 씨, 오늘 기분이 나쁜 건 당연한 거야." 그 말이 왜 그토록 위로가 되었을까? 내가 예민해서 그런 거라는 몇십 년간의 이론이 뒤집히던 날이다.

아주 과학적인⑦ 그 말에 묘한 안도감을 느꼈다.

배란일, 생리 전 증후군 등 '마법에 걸린다.'는 표현이 괜히 나온 게 아니다. 가임기 여성들은 한 달 내내 호르몬이 요동

친다. 심지어 매달 그렇다. 그중 오롯이 호르몬에 영향 받지 않고 몸과 마음이 가뿐한 날이 있다. 한 달 중 몸과 마음이 온전히 가뿐한 날은 5일도 채 되지 않는다. 선배와의 대화 이후, 기분이 좋지 않을 때 나는 더 이상 이유를 찾으려 애쓰지 않는다.

'그런 날'이 있다. 명확한 이유가 없음에도 한없이 지하로 꺼져버릴 것 같은 느낌이 드는 날. 그때마다 떠오른다. "태이 씨, 당연한 거야."

내가 어찌할 수 없는 호르몬의 영향이려니, 오늘도 그런 날 중의 하루겠거니, 억지로 바꾸려 하지 않는다. 오늘은 좀 슬픈 날일 수도 있고 화병이 난 것처럼 이유 없이 울화가 치미는 날일 수도 있고, 그냥 아무 생각이 없는 날일 수도 있다. 기분의 이유를 찾지 않으면 흘러가게 둘 수 있다. 그 안에서 내가 할 수 있는 건 나의 태도를 결정하는 것뿐이다. 정말 컨디션이 좋지 않은 날에는 가족들에게 미리 이야기한다. 오늘은 기분이 좋지 않은 날이라고.

'필요 없음'이 주는 자유

전에는 '완벽한 하루'를 만들어야 한다는 생각 속에서 살았다. 하지만 이제는 '필요 없음'의 자유를 누리고 있다. 다소 미뤄 둔 설거지, 채우지 못한 일정표도 괜찮다. 중요한 건 내가 그것들을 꼭 해야만 한다는 생각에서 벗어나 '해도 되고 안 해도 된다.'는 여유를 갖는 것이다. 이제는 완벽하지 않아도 괜찮다고 스스로에게 말할 수 있다. '오늘만 사는 거 아니잖아?'

내 감정을 탓하지 않기

감정은 흘러가는 것이다. 슬프거나 화가 날 때, 그 감정을 없애려 하기보다 그저 있는 그대로 바라보려고 한다. '아, 지금 화가 났구나.' 감정을 억누르지 않고 나 자신을 더 깊이 이해하려 노력하는 것. 그것이 나에게 친절해지는 첫걸음이다. 마음속 파도가 거세질 때, 그 파도를 잠재우려 애쓰기보다 그 위에 작은 배를 띄우는 상상을 한다. 파도가 거칠어도 괜찮다. 중요한 것은 그 위에서 내 배가 가라앉지 않는 것이다.

내가 나를 위한 시간을 만들기

육아와 회사 업무로 바쁘게 살다 보면 나만의 시간이 사치처럼 느껴질 때가 있다. 그러나 이제 그런 생각에서 벗어나 하루 10분이라도 나만의 시간을 가지려 노력한다. 책을 읽거나 따뜻한 차를 마시거나, 혹은 아무것도 하지 않고 조용히 쉬는 것도 좋다. 이 짧은 시간이 나를 다시 충전하게 한다.

나에게 친절해지는 것은 하루아침에 이루어지지 않는다. 그것은 매일 매일의 작은 실천과 끊임없는 자기 이해의 과정이다. 내가 한 말을 내가 오해하지 않고, 나의 감정을 있는 그대로 받아들이며 불완전함을 인정하는 것. 이런 작은 변화들이 모여 결국 나를 더 단단하게 만든다. 예민함으로 날카롭던 나는 이제 그 날을 서서히 갈아 내고 있다. 날카로운 칼날이 아니라 둥글고 단단한 조약돌 같은 마음. 부드럽고 단단하며 서로를 상처 내지 않는 그런 마음.

완벽하지 않은 나를 사랑하는 법을 배우는 것은 아마 평생의 숙제일지도 모른다. 하지만 그 과정 자체가 의미 있다. 내가 나에게 친절하지 않으면, 세상 누구도 나를 온전히 위로할 수 없다. 나 자신은 나라는 세상의 첫 햇살이다. 아침의 빛이 스스로를 비추지 않는다면 세상이 밝아질 수 없듯, 나에게 친절하지 않으면 내 삶은 나대로 온전히 살아날 수 없다. 마음이라는 정원에 물을 주는 사람이 나 자신이라면, 그 정원의 꽃이 피어나게 하는 일도 결국 나의 손길에 달려 있다.

스스로에게 베푸는 친절은 단순한 위로가 아니라 더 나은 세상으로 나아가기 위한 첫걸음이다. 내가 나를 이해하고 아끼는 태도는 결국 나의 세상에 반영될 것이므로.

2장

처세 2단계,
흔들리지 않는 지혜

착한 사람은
늘 손해 본다는 오해

"착하게 살아 봤자, 남는 게 있을까?"

누구나 한 번쯤 이런 생각을 해 본 적 있을 것이다. 특히 누군가가 양보만 하고 거절하지 못해 이용당하는 모습을 볼 때 '착한 사람이 손해를 본다.'는 생각이 들기도 한다. 놀이터에서 친구에게 늘 양보하는 아이를 보며 답답했던 적이 있는가? 그렇다면 정말 착한 사람은 손해만 보는 걸까? 우리가 착함이라고 부르는 것이 단지 남에게 맞춰 주고 자신을 희생하는 모습에만 국한된 것으로 생각하고 있지는 않은가? 이 글을 다 읽고 나면, 당신은 더 이상 '착하게 살아 봤자.'라는 생각을 하지 않을지도 모른다. 어쩌면 착한 사람이 되는 것이야말로 가장 현명한 선택이라는 걸 깨닫게 될지도 모른다.

판단력과 분별력을 갖춘 착한 사람

우리는 흔히 착한 사람을 배려심 많고 다정한 사람으로 생각한다. 그러나 그것만으로는 충분하지 않다. 착한 사람은 분별력이 있어야 하고 자신의 능력을 발휘할 줄 아는 사람이어야 한다. 착하지만 분별력이 없고, 일을 제대로 해내지 못하는 사람은 오히려 타인에게 피해를 줄 수도 있다. 그런 모습은 '착함'이 아니라 '어설픔'이다. 착함에는 반드시 판단력과 분별력이 필요하다. 진정한 착한 사람은 자신만의 기준을 가지고 있다. 그 기준 안에서 사람들에게 다정하지만 스스로를 지키는 힘도 있다. 착하면서도 소신 있는 사람. 착하지만 단호할 때는 단호한 사람. 착하면서도 능력이 있고 일을 잘하는 사람. 이런 사람들이야말로 진정으로 착한 사람이라고 할 수 있다.

정직하며 착한 사람

착함은 정직함과 함께할 때 더 빛을 발한다. 주변을 떠올려보자. 정직하지 않고 남을 이용하려는 사람들은 결국 주변의 신뢰를 잃고 고립되기 마련이다. 그들은 순간적으로 이득을 얻을지 모르지만 시간이 지날수록 그들의 진짜 모습이 드러나게 된다. 반대로 정직하고 착한 사람들은 꾸준히 신뢰를 쌓는다. 그 신뢰는 결국 자신을 지키는 가장 강력한 무기가 된다. 유재석을 떠올려보자. 그의 오랜 성공 비결을 묻는다면 많은 사람들이 그를 '정직하고 착하며 분별력이 있으면서 능력까지 있는 사람'이라고 답할 것이다. 정직함과 착함이 만들어 내는 힘이 바로 이런 것이다.

정직하고 착한 사람은 때로는 손해를 보는 것처럼 보인다. 그러나 인생은 단거리 경주가 아니라 마라톤이다. 당장에는 자신의 이익과 상충될지라도, 정직함과 선함은 긴 여정에서 반드시 빛을 발한다. "인생은 마라톤이다." 이 흔한 비유는 착한 사람들이 가진 힘을 설명하기에 충분하다. 착한 사람은 단기적으로는 손해를 볼지 몰라도, 결국에는 신뢰를 얻고 사회를 더 나은 방향으로 이끄는 원동력이 된다. 그런 사람들이 결국 이 시대의 진정한 리더가 되는 것이다.

우리는 각자 고유한 성격을 가지고 태어난다. 어떤 사람은 외향적이고, 어떤 사람은 내향적이다. 누군가는 감정적이고 누군가는 이성적이다. 또 어떤 이는 개방적인 반면, 다른 이는 보수적이다. 이 모든 성격은 저마다의 고유한 색깔로 우리를 구성한다. 하지만 정직함과 착함은 모든 성격 위에 덧입혀질 수 있는 인간성을 빛나게 하는 공통의 요소다. 성격이 다르다고 해서 누가 더 나은 사람인 것은 아니다. 자장면과 짬뽕을 비교할 수 없듯, 각자의 성격은 그 자체로 존중받아야 한다. 다만 정직하지 못하고 다른 사람을 이용하려는 태도는 성격의 문제가 아니라 인격의 문제다. 규칙을 무시하고 자신의 편의를 위해 남을 희생시키는 행동은 결국 자신에게로 돌아온다. 고유한 성격을 발전시키는 데 있어 정직함과 착함은 중심이다. 그것은 다른 사람들과 조화를 이루면서도 자신을 지키는 원칙이다. 착한 사람은 자신을 속이지 않고 타인에게 신뢰를 주며 결과적으로 자신과 주변 모두를 더 나은 방향으로 이끄는 힘을 발휘한다.

진짜 착한 사람

착하게 산다는 것은 무조건적인 희생을 뜻하지 않는다. 그것은 다른 사람을 배려하면서도 자신을 존중하는 삶이다. 정직함과 분별력을 가지고 맺고 끊는 것을 정확히 하며 필요할 때는 할 말을 하는 것. 그것이 진정한 착함이다. 누군가에게 무례한 말을 듣거나 부당한 대우를 받았을 때, 침묵하거나 참기만 하는 것은 착함이 아니다. 진정으로 착한 사람은 자신의 감정을 숨기지 않으며 무엇이 옳은지 판단하고 부드러우면서도 단호하게 행동할 줄 안다.

착하면서도 능력 있는 사람은 관계에서도 여유를 가진다. 착하게 살면서도 자신의 능력을 제대로 발휘하는 사람은 결국 타인에게도 존중받는다. 단기적인 이익에 연연하지 않고 장기적인 신뢰를 추구하는 사람. 그런 사람이야말로 진정으로 강한 사람이다. 착하게 산다는 것은 자신을 지키는 선택이며 더 나아가 세상을 더 좋은 곳으로 만드는 길이다.

"착하게 살면 복이 온다." 어쩌면 고리타분하게 들릴 수도 있지만, 시대를 넘어 변하지 않는 삶의 진리가 아닐까? 착함은 단지 남에게 보이기 위한 가면이 아니라 자신을 위한 선택이다. 내일의 나를 위해, 그리고 더 나은 세상을 위해 우리는 오늘 착한 사람이 되기를 선택해야 한다. 다정하고 너그러운 마음, 그리고 분별력과 소신을 갖춘 태도. 그것이 처세 9단이 갖추어야 할 첫 번째 지혜이다.

바꿀 수 없는 것을
받아들일 평온함

'화'라는 그림자

주변에는 각양각색의 사람들이 있다. 필터링 없이 말을 내뱉는 사람, 틈만 나면 다른 사람의 험담을 늘어놓는 사람. 더 나아가, 자신이 직접 겪은 일도 아닌데 교묘하게 분위기를 만들어 타인이 험담하게 유도하는 사람도 있다. 누가 무슨 말만 하면 그게 되겠어? 별로인데? 부정적인 사람, 시시콜콜이 말 저 말 옮기는 사람, 자기 말만 주야장천 하는 사람, 공감능력이 현저히 부족한 사람, 혹은 수동적 공격성을 보이는 사람 등. 다 열거하자면 끝도 없다. 이런 사람들을 만나면 심장이 쿵쾅대고 집에 가서 죄 없는 남편에게 하소연을 늘어놓는다. 정작 그들은 아무렇지도 않은데, 왜 나만 이렇게 화가 날까?

그런 사람들을 만났을 때 '기분 나빠'에서 한 걸음 더 나가야 한다. 저 사람과 계속 봐야 하는가? 계속 봐야 한다면 그 사람의 좋은 장점이 이러한 단점을 수용할 수 있게 하는가? 반대로 좋은 장점이 있긴 하지만 그 사람의 어떤 단점이 견딜 수 없게 힘든가? 관계에 대한 질문을 거듭하며 결론이 날 때까지 깊이 고민하고 정리해 본다. 그런 과정을 거치면 정말 신기하게도 어떻게 해야 할지 분명해지고, 처세의 뼈대가 만들어진다. 앞으로는 그 사람과 업무적인 대화만 하기로 마음먹었으니, 피할 수 있는 사람이라면 피하는 게 좋다. 그리고 내 감정을 들었다 났다 하는 사람은 설령 좋은 사람일지라도 나에게는 적절하지 않은 관계일 수 있다. 그 지점에서 감정을 내려놓으면 된다.

관계에 대해 심도 있는 고민을 끝냈다면 미워하는 마음 역시 불필요하다.

타인을 괴롭히거나 미워하는 마음이 습관이 되면 나의 마음에 차곡차곡 화가 쌓여 오히려 스스로 부정적인 생각만을 쉼 없이 좇게 된다. 누군가를 미워하는 마음은 부메랑처럼 상대에게 닿지 않고 결국 나에게 되돌아온다. 그것은 '화'라는 그림자로 따라붙어 내면을 갉아먹는다. 그러니 다른 사람을 미워하며 소중한 에너지를 소모하지 말고 그런 사람들 앞에서 어떻게 처세할지만 결정하자. 싸운다고, 같이 험담한다고 해결되지 않는다. 상황은 더 악화되기 마련이다. 아무리 노력해도, 심지어 기적이 일어나도 나는 그 사람을 바꿀 수 없다. 그렇다면 그냥 있는 그대로 받아들이는 거다. 인간 관계에서 바꿀 수 있는 것은 오직 '나'뿐이라는 이 불편한 진실을 인정하는 것이다. 이제 상대방을 미워하고 그 사람에게 타격을 주기 위해 행동할 것인가? 같이 험담하고 복수의 칼날을 갈 것인가? 아무짝에도 쓸모없는 일에 나의 소중한 시간을 허비할 것인가?

바꿀 수 없는 것을 받아들이면 비로소 평온함이 찾아온다. 그 평온함은 생각보다 훨씬 달콤하다. 드디어 다른 사람에게 휘둘리지 않는 나를 발견할 때의 그 기분은 말로 설명할 수 없다. 물론 평온함까지 가는 과정이 쉽지는 않다. 상대에 따라서 오랜 시간이 걸리는 경우도 종종 발생한다. 하지만 처세의 뼈대를 잡았으니 인간관계로 인한 불안한 감정이 서서히 사라지고 내면에 평온함이 오기까지 멀지 않았다.

나는 앞서 언급한 사람들과의 관계를 일일이 고민하지는 않는다. 적당히 그때그때 유연하게 대처한다. 왜냐하면 나도 그럴 때가 있고, 너무 날을 세워 살다 보면 혼자가 되거나 천상천하 유아독존이 된다. 적어도 이 글을 읽는 독자는 그런 사람이 되길 원하지 않을 것이다. 적당한 선에서 '저 사람은 저런 스타일이구나.' 하고 넘긴다.

하지만 상대에게 나를 계속해서 설명해야 하는 관계라면, 한 번쯤 경계할 필요가 있다. 이런 유형의 사람들은 종종 가스라이팅의 원조와도 같다. 다름을 인정받지 못할 때 우리는 설명하게 되는데, 아무리 부드럽고 친절한 어조로 말하더라도 말하는 도중 '내가 왜 이런 것까지 설명하고 있지?'라는 생각이 든다면 그 순간 멈춰야 한다. 그리고 그 관계에 대해 진지하게 고민해 볼 필요가 있다. 그들은 자신의 주장이 너무 강해 상대방을 이해하려는 마음이 처음부터 없다. 상대에 게 부드러운 어조로 물어보는 듯 하지만 진짜 속내는 상대방이 구구절절 설명하게 만듦으로써 관계의 우위를 유지하려고 한다. 그런 상황에 처했을 때 상대방을 설득하려는 내 마음이 무엇인지 멈춰 생각해 보자. 굳이 설명하고 설득할 필요가 있을까? 내가 설명한다고 해서 그들이 나의 마음을 온전히 이해할 수 있을까? 아니, 나를 진정으로 이해하려는 마음은 있을까? 내가 한 말을 부풀려 다른 사람들에게 전달하지 않는다면 그나마 다행이다.

　나는 나 아닌 다른 사람을 절대로 바꿀 수 없다.

　이 불편한 진실을 곱씹다 보면 자연스레 '그럴 수도 있지, 사정이 있었겠지, 오해겠지,'란 너그러운 생각으로 연결된다. 왜냐하면 어차피 바꾸지 못할 건데, 이 많은 과정을 거쳐서 인간관계에 골치 아파하기보다는 이해해 버리는 게 훨씬 편한 방법이기 때문이다.

　바꿀 수 없는 것을 받아들이는 평온함은 인간관계뿐만 아니라, 인생 전반에도 적용된다. 이 말을 온전히 내 것으로 만든다면 어제보다는 조금 덜 화나고 조금 더 평온한 하루를 보낼 수 있다.

"분노는 당신을 벌하는 도구이다."

-세네카

처세 9단의 다정한 철학

칭찬받고 싶은 쩨쩨한 생각과
폄하 되는 것이 싫다는 화

상대방과 대화를 나누는 동안, 정작 무슨 생각을 하고 있는지조차 모를 정도로 머릿속이 복잡해질 때가 있다. 그런 대화 후에는 부정적인 생각이 꼬리를 물고 이어지며, 곧 태도로 드러난다. 기분이 태도가 될 때, 순간은 후련할지 몰라도 결국 후회로 이어지는 아이러니를 경험한다. 타인의 생각은 결국 그의 것이다. 내가 통제할 수 없는 상황에 놓이면 나는 마치 한 번도 좋은 사람이었던 적이 없었던 것처럼 스스로가 이상하게 느껴지기도 한다. 이 아이러니한 상황을 바꾸기 위해, 내 마음부터 들여다볼 용기를 내기로 했다. 나도 남편을 붙잡고 한 시간씩 그 사람의 이야기를 했던 적이 있다. 그렇다면 그 사람이 나를 험담하면 안 되는 이유가 있을까?

우리는 누구나 험담에서 자유로울 수 없다. 그리고 험담을 대수롭지 않게 받아들인다면 그것은 정말로 아무렇지 않은 일이 된다. 왜냐하면 과거에도 지금도 미래에도 우리는 누군가의 노여움을 살 테고, 타인의 생각까지 내가 어찌할 수는 없다. 타인의 험담에서 자유로울 수 있는 사람이 과연 있기나 할까? 유재석, 손흥민, 김연아도 악성 댓글을 받는 세상, 내가 뭐라고 감히 험담 없는 삶을 꿈꿀까? 그렇다면 조금 비틀어 생각해 본다. 어차피 우리 중 누구도 험담으로부터 자유로울 수 없다면 내게 들려오는 험담을 대수롭지 않게 생각해 보는 건 어떨까? 예전부터 그랬고 지금 이 순간도 누군가는 내 험담에 침을 튀기고 있을 것이며 앞으로도 수그러들 기미는 보이지 않는다. 그게 우리네 인생이다. 또한 타인의 생각은 우리가 무슨 수를 써도 어찌할 수가 없다. 천만 원을 줘도 못 바꾸는 게 생각이다. 천만 원이라 못 바꾸는 건가? 일억 원이면 혹시 어떻게 좀 해 볼 수 있으려나.

결국, 타인에게 칭찬을 받거나 부정적인 평가를 받아도 내 것으로 가지고 오지 않는다면 나에게 아무런 영향을 줄 수 없다. 그 사람의 생각은 오직 그의 것이고, 나는 그 문제에 대해 무관심해야 한다. 내 문제가 아닌데 나에게 주어진 단원평가로 생각하면 그때부터 골치가 아파진다.

부처는 '타인의 평가로 인해 느끼는 쾌감과 불쾌감은 결국 우리의 뇌가 만들어 낸 환영일 뿐'이라고 말했다. 칭찬받고 싶다는 쩨쩨한 생각, 폄하되는 게 싫다는 화를 없애라고 말이다. 완벽한 것은 없다. 완벽하지 않은 내가 실수를 하는 것은 당연하다. 그 실수에 대한 생각이 꼬리를 물고 자기부정으로 가는 길을 차단해야 한다. 완벽하지 않을 수 있고 실수는 누구나 하는 것이라고 거기서 생각을 끝내야 한다. 타인을 만족시키는 날은 결코 오지 않는다. 결국, 스스로 행복한 삶을 살아가고 내 인생의 주인이 되는 것이야말로 타인의 평가로부터 벗어나는 가장 확실한 길이 아닐까?

말로만 타인에 대한 평가에 휘둘리지 않겠다고 다짐한다

고 모두 그렇게 되면 얼마나 좋겠냐마는, 다른 사람에게 휘둘리지 않으려면 내면의 평온이 있어야 한다. 내면이 평온하면 서두르지 않고 인간관계를 할 수 있다. 말을 많이 할 필요도 없고 대화 도중 찾아오는 순간의 적막도 편안하게 흘려보낼 수 있다. 편안하게 흘려보내면 필요 없는 말, 쓸데없는 말이 줄어 내가 내 말을 오해하지 않게 되고 여유가 흘러 매력적인 사람으로까지 보이게 한다.

결국, 나의 삶에 집중하는 것. 그리고 그 삶을 책임감 있게 살아가는 것. 그것이야말로 내면의 평온을 얻는 가장 확실한 방법이다. 엄마로서, 아내로서, 회사에서, 내가 있는 자리라면 어디에서라도 맡은 바 책임감 있게 업무를 수행해야 한다. 잘하지 못해도 괜찮다. 우리는 완벽하지 않으니까 내일 수정할 기회가 있다. 어제보다 오늘 더 나아진 내 모습을 들여다보고 나에게 집중한다면 타인의 평가는 이제 나에게 절대로 중요한 일이 아니다.

"바꿀 수 없는 것을 받아들이는 평온함과,

바꿀 수 있는 것을 변화시키는 용기와,

그 둘을 분별할 지혜를 허락하소서."

-라인홀드 니부어

책임감이
자존감을 높인다

'책임감'이라는 단어를 들으면, 많은 사람이 떠올리는 이미지는 굳은 얼굴과 무거운 짐이다. 누군가는 책임감이란 말에 주눅 들고 그것이 자유를 빼앗는 속박처럼 느껴진다고 말한다. 하지만 책임감이야말로 우리를 진정으로 자유롭게 하고 스스로를 사랑하게 만드는 가장 강한 힘이다. 흥미로운 사실은, 자유는 책임이 있을 때만 그 의미를 가진다. 책임이 없다면 자유를 갈망할 이유조차 없다.

엄마로서의 삶도, 작가로서의 삶도 모두 '책임감'이라는 거대한 강을 건너는 여정이다. 아이가 태어나는 순간, 내 삶의 중심이 더 이상 내가 아니라는 사실을 깨달았다. 한 생명을 온전히 책임져야 한다는 부담은 처음에는 두려움으로 다가왔다. 아이의 손을 잡고 하루하루 살아가면서 책임감은 짐이 아니라 나를 성장시키는 가장 큰 원동력이라는 사실을 깨달았다. 아이들의 웃음 속에서 느껴지는 믿음과 애정은 '내가 잘하고 있구나.'라는 확신으로 이어졌고 그 확신은 자존감을 단단히 세우는 기둥이 되었다.

글쓰기에서도 비슷한 경험을 했다. 처음에는 독자들에게 외면당할까 두려워 쉽사리 글을 발행하지 못했다. 내가 쓴 글을 믿지 못해 수백 번을 읽고 고치기를 반복했다. 하지만 부족한 점을 인정하고 꾸준히 책임감 있게 글을 쓰는 것부터 시작하자는 마음가짐은 점점 더 많은 독자들의 신뢰를 얻게 만들었다. 연재일을 지키고 진정성 있는 글을 쓰려 노력하는 과정에서 누군가 나에게 강요하지 않아도, 스스로 책임감을 가지고 쓴 글이 독자에게 위로와 영감이 될 수 있다는 확신이 생겼다. 그 확신은 더 깊이 있는 글을 쓸 수 있는 용기가 되었다.

심리학자 앨버트 반두라의 "자기 효능감 이론"은 이러한 경험을 뒷받침한다. 우리는 도전과 책임을 완수할 때 자신감이 높아지고 이는 자존감으로 연결된다. 목표를 달성하는 순간, 뇌의 보상 시스템이 활성화되며 강한 성취감과 만족감을 느낀다. 이 경험이 반복될수록 스스로를 더 긍정적으로 바라보게 되고 이는 삶의 여러 영역에서 나를 지탱하는 자존감으로 자리 잡는다.

책임감은 일상의 작은 실천에서 시작된다. 매일 정해진 시간에 일어나기, 집안일을 끝내기 등의 간단한 목표를 이루는 일처럼, 사소해 보이는 실천이 쌓여 자기 신뢰를 형성한다. 이때, 우선순위를 정하고 이를 기록하는 습관은 매우 유용하다. 중요한 일부터 해결하며 완수했을 때는 스스로를 칭찬하는 작은 보상을 주는 것 또한 책임감을 지속하게 하는 동기가 된다. 친구와의 만남에 늦지 않기, 가족과의 시간을 소홀히 하지 않기처럼 타인과의 약속을 지키고 그 시간을 책임감 있게 보내는 것은 관계에서의 신뢰를 형성한다. 이 신뢰는 타인이 나에게 주는 것으로 끝나지 않고 스스로를 믿게 만드는 강력한 원동력이 된다.

이처럼 책임감은 사소한 실천에서 시작되지만 그것이 쌓이면 더 큰 도전과 기회를 만들어 낸다. 처음에는 사소해 보이는 일들도 꾸준히 책임을 다하다 보면 스스로를 신뢰하는 힘을 키우게 되고 그 신뢰는 더 큰 책임과 도전 앞에서도 두려움을 이겨 내는 용기로 변한다.

글쓰기에서든, 직장에서든, 가정에서든 책임감은 우리를 매일 성장하게 만들고 더 큰 가능성을 향해 나아가게 한다. 그 과정에서의 실패는 도망쳐야 할 대상이 아니라 배움의 기회이다. 책임감을 가지고 실패를 극복한 경험은 더 큰 도전 앞에서 '나는 반드시 해낼 수 있다.'는 강한 믿음을 심어 준다. 이러한 일상의 책임감은 스스로에 대한 신뢰를 쌓아 자존감을 높이는 기반이 된다. 자존감이 높은 사람은 인간관계에서도 흔들리지 않는다. 타인의 평가에 과도하게 의존하지 않고 자신의 가치를 스스로 인정하기 때문이다. 책임을 다하는 사람은 스스로를 존중하게 되고, 타인 또한 신뢰와 존중으로 화답하기 마련이다.

결국 책임감은 자존감을 키우고, 자존감은 건강한 인간관계를 만드는 가장 든든한 밑거름이 된다. 책임감은 마치 나무를 지탱하는 뿌리와 같다. 뿌리가 있어야 나무가 높이 자랄 수 있듯 책임감은 자존감을 키우는 필수 조건이다. 우리는 책임감이라는 뿌리를 통해 자존감이라는 거대한 나무를 키워낸다. 책임감은 단순한 도덕적 덕목을 넘어 우리의 정체성을 유지하는 핵심 요소이다. 삶 속에서 크고 작은 책임을 다할 때 비로소 진정한 자유를 경험하게 되고 높은 자존감으로 삶을 영위할 수 있다.

그러니 오늘, 당신의 삶 속에서 작은 책임감을 발견하고 그 씨앗을 심어 보자. 그 씨앗은 시간이 지나 당신만의 '자존감'이라는 나무로 자라나, 결국 진정한 자유의 열매를 맺을 것이다.

완벽함의
불행

완벽함을 추구하는 사람들에게 실수는 치명적인 결점처럼 다가온다. 작은 실수 하나에도 마음이 무너지고 깊은 수치심에 빠지곤 한다. 하지만 잊지 말아야 할 사실이 있다. 실수는 누구나 한다는 것이다. 실수를 하지 않는 사람은 세상에 없다. 오히려 실수는 살아 있다는 증거다. 무언가를 시도했고 그 과정에서 배울 기회를 얻었다는 뜻이다. 실수를 두려워하지 않고 그 자체를 있는 그대로 받아들일 때, 비로소 성장할 수 있다.

때때로 완벽함을 추구하다가 지쳐버린 자신을 발견할 때가 있다. 실수를 곱씹으며 왜 그런 선택을 했는지 후회하고 다른 결과를 만들지 못한 자신을 스스로 비난하기도 한다. 하지만 그럴 때, 스스로에게 이렇게 말해 보자. '괜찮아, 누구나 실수할 수 있어.'

누구나 실수할 수 있다는 사실을 받아들이면 스스로를 조금 더 따뜻하게 용서할 수 있다. '괜찮아. 다음엔 더 잘할 거야.' 이렇게 자신에게 위로를 건네면, 마음속의 긴장감이 풀어지고 잔잔한 평온함이 찾아온다. 자신을 용서하는 것은 단순히 과거를 흘려보내는 것이 아니다. 그것은 지금의 나를 이해하고 앞으로의 나를 신뢰하는 일이다.

완벽함을 추구하면 관계에서도 긴장이 생긴다. 우리는 종종 실수를 용납하지 않으려는 태도로 상대를 대한다. '왜 저 사람은 저렇게 행동했을까?' 혹은 '저런 실수는 하면 안 되는 거 아닌가?' 같은 생각들이 끊임없이 떠오른다. 하지만 이런 태도가 관계를 얼마나 소모적으로 만드는지 깨닫지 못한 채, 상대를 '나만의 완벽한 기준'에 맞추려 한다. 과연, 누가 그것이 완벽하다고 정의했을까?

오히려 가장 가까운 관계일수록 실수와 부족함이 우리를 더 가깝게 만든다. 중요한 것은 상대의 실수를 지적하는 것이 아니라 그 실수를 통해 서로를 더 이해하고 공감할 수 있는 기회를 찾는 것이다. 실수를 용납하지 못하는 관계는 금세 단절되지만 실수를 이해하고 받아들인 관계는 더욱 단단해진다.

어느 날, 모든 것을 내려놓고 싶을 만큼 마음이 무너졌던 적이 있다. 내 잘못 때문에 일이 엉망이 된 것 같았고 사람들의 실망이 느껴지는 듯했다. 하지만 돌아보면, 그리 큰일이 아니었다. 왜 마음이 그렇게 무너져서 아무것도 할 수 없이 무기력에 빠졌는지. 그날의 내가 가엾다. 다른 사람이 내게 준 마음은 아니었다. 그 감정은 결국, 내 안에 자리 잡은 완벽주의가 만들어 낸 것이었다. 그날 밤, 침대에 누워 스스로에게 조용히 말했다. '괜찮아. 너도 노력했잖아. 누구나 실수는 해. 다음엔 더 잘할 거야.' 용서를 구해야 할 대상은 다른 누군가가 아니라 나 자신이었다. 내가 나의 실수를 용서한 순간, 완벽해야 한다는 압박감이 조금씩 풀렸다. 그 이후로 완벽함보다는 진심을 담는 데 더 많은 에너지를 쓰기 시작했다.

완벽함은 차갑고 때론 날카롭다. 그 속에는 따뜻함도 인간미도 없다. 반면, 실수를 받아들이는 태도에는 따뜻함과 유연함이 깃들어 있다. 그것은 나를 용서하고 타인의 실수도 용납할 수 있게 한다. 결국, 우리를 인간답게 만드는 것은 완벽함이 아니라 그 틈 사이로 비치는 진솔함이다.

진정한 관계란 서로의 실수와 부족함을 품어 주는 데서 시작된다. 때로는 아무 말 없이 상대의 실수를 이해하고 넘어가는 것이 가장 큰 배려가 될 수 있다. 마찬가지로 나 자신에게도 그런 배려가 필요하다. 실수를 인정하고 용서할 때 더 나은 내일을 향해 나아갈 수 있다.

완벽함을 내려놓는 것은 불안하지만 동시에 우리를 자유롭게 한다. 실수를 두려워하지 않을 때 더 많은 것을 시도할 수 있고 더 많은 경험을 통해 성장할 수 있다. 그 과정에서 비로소 깨닫게 된다. 완벽하지 않아도 괜찮다는 것. 완벽함은 결국 환상일 뿐이다. 그 환상을 내려놓고 불완전한 나를 온전히 받아들이면 진정한 평온함이 찾아온다. 그리고 그 평온함은 자연스럽게 인간관계에 스며들어 더 따뜻하고 단단한 연결을 만들어 낸다.

> "완벽함을 걱정하지 마라. 절대 도달할 수 없으니까."
> —살바도르 달리

3장

처세 3단계,
운동하고 생각하는 나

의지력에 대한
오해

"의지력은 휴식을 필요로 하는 속근과 같다.

대단히 힘이 세지만 지구력은 꽝이다."

-『원씽』, 게리 켈러, 제이 파파산

의지력은 심리학에서 "자기 조절력(self-regulation)"이라 불리며, 목표 달성을 위해 행동, 감정, 생각을 조절하는 능력이다. 우리가 의지력을 잃는 이유는 나약해서가 아니라 그것을 의식하지 않기 때문이다. 의지력은 마치 봄날의 눈처럼 생겼다가 사라질 수 있다는 사실을 이해하지 못하면 말 그대로 사라지는 것을 그대로 방치하게 된다.

말로만 다이어트를 한다. 아가리어터(어감이 좋지 않아 자주 쓰는 말은 아니지만 이만큼 충실하게 입으로만 하는 다이어트를 표현한 단어를 찾지 못해 쓴다.), 오늘 저녁은 먹지 않겠노라 다짐을 하지만 참다 참다 밤 12시가 되어서 라면을 끓이고 있는 낮의 결심이 무색해진 나와 마주할 때 '이럴 줄 알았으면 아까 그냥 저녁을 먹을걸.' 이라는 짧은 후회가 든다. 후회는 찰나일 뿐, 결국 라면을 남김없이 비워낸다. 배가 부르면 그제야 찾아오는 현실자각타임. 밉다. 내가 이것밖에 안되나 싶은 자괴감이 든다.

연구에 따르면, 의지력은 제한된 자원으로, 한 번 사용하면 소진된다. 이를 "의지력 고갈(ego depletion)"이라고 한다.

의지력에 대해 오해하고 있었다

의지력은 한정된 자원이므로 체계적으로 관리해야 한다. 100의 의지력을 쪼개어 나누어 쓰고, 다 쓰고 나면 다시 채워야 하는 것이다. 아예 굶어 버리는 것은 댐의 수문을 한꺼번에 여는 것과 같다. 식욕에 대한 의지력을 빠르게 소진시키기 때문에 이제는 저녁을 굶지 않는다.

의지력에 지구력이 생기면 습관이 된다

강력한 습관을 만들면 의지력도 지구력을 갖게 된다. 성공을 이루기 위해서는 올바른 습관을 선택하고 그것이 단단히 뿌리내릴 때까지 정성껏 가꾸어야 한다. 이러한 습관이 당신의 일부가 된다면 다른 사람들은 '자기 관리가 철저한 사람'이라고 평가하지만 스스로는 그 일을 하는 데 어려움을 겪지 않게 된다.

운동의 중요성을 모르는 사람은 없다. 하지만 습관이 되지 않으면 하루 하고 마는 게 운동이다. 나의 하루는 아침 7시부터 밤 10시까지 짬이 나지 않는다. 엄마 손이 만능인 어린아이 둘을 양육하고 있는 워킹맘이다. 오전 7시, 아이들 등교 준비, 회사 출근, 퇴근 후에는 다시 육아 출근. 하루에 출근을 두 번 한다. 회사에 있는 시간이 더 편하다는 건 워킹맘 거의 전부가 공감하는 이야기다. 워킹맘의 하루는 마치 타이트한 퍼즐과 같아서 빈틈없이 촘촘한 그 시간에 운동할 시간을 찾는 것은 바늘구멍에 실을 꿰는 것처럼 어렵다. 이런 나에게 저녁 8시 요가수업을 듣는 것은 사치다. 하지만 운동을 해야 한다. 정확히 말하면, 운동을 하지 않으면 아프다. 20대까지는 운동의 필요성을 몰랐지만 이제야 그 말이 실감 난다.

출근하고 커피 한 잔 마시며 수다를 떠는 대신 오전에 한 번, 잠이 쏟아지는 오후에 한 번 하루 10분 계단을 탄다. 점심시간을 활용해 회사 가까이 있는 뒷산을 간간이 등반하고 요가 동호회에서 일주일에 두 번 요가를 한다. 그리고 가끔 남편과 해변공원 러닝을 한다. 매일 매주 하지는 못하지만 컨디션 좋고 뛰고 싶은 날, 아이들이 일찍 자서 육아퇴근이 빠른 날은 러닝 후 맥주 한 캔의 꿀맛에 흠뻑 취한다.

일상의 운동에 대해 누군가와 얘기할 때 나의 운동 이야기를 들은 상대방의 반응은 보통 "대단하다, 부지런하다, 나는 그렇게 못한다."라고 한다. 하지만 어려운 일이 아니다. 의지력을 현명하게 분배한 결과일 뿐이다. 계단은 그 앞에만 가면 어떻게든 올라갈 수 있고(엘리베이터를 기다리는 시간이 오히려 더 걸릴 때가 많다.) 점심시간 운동은 맛있는 점심 일주일에 한두 번 포기하고 구내식당을 가면 된다.

운동을 하려는 준비가 지나치면 시작도 하기 전에 지치고 만다. 가야 할 운동 시설이 너무 멀거나, 비용이 부담스럽거나, 많은 시간을 투자해야 한다면 운동을 하겠다는 의지는 금세 꺾이고 만다. 이는 운동을 단순한 실천의 문제가 아니라 의지력과 연결된 과제로 만든다.

의지력에 대해 생각하고 주의를 기울여라

사실, 의지력은 우리의 삶에서 매우 중요한 자산이다. 의지력은 단순히 타고나는 것이 아니라 훈련과 연습을 통해 강화될 수 있다. 명상은 마음을 차분하게 하고 자기 통제력을 높이는 데 도움이 된다. 운동은 단지 체력을 키우는 것을 넘어 꾸준함과 자기 관리 능력을 키우는 강력한 도구가 된다. 건강한 식습관 역시 신체와 정신의 균형을 유지하며 의지력을 점진적으로 향상시키는 데 중요한 역할을 한다.

운동을 쉽게 접근할 수 있는 방식으로 단순화하는 것도 중요하다. 집 근처 공원을 산책하거나 간단한 스트레칭과 같은 소소한 운동부터 시작해 보자. 초기의 작은 성공 경험은 의지력을 키우는 디딤돌이 될 것이다. 더 나아가 운동을 일상의 자연스러운 부분으로 만들면 의지력이 점차 강화되고, 운동은 더 이상 의지가 필요한 일이 아닌 습관으로 자리 잡게 된다.

결국, 의지력은 꾸준한 훈련과 현실적인 접근으로 발전한다. 작은 변화가 모여 큰 변화를 만든다는 것을 기억하며 운동을 시작하기 위한 완벽한 환경을 찾기보다는 지금 할 수 있는 작은 실천부터 시도해 보는 것이 가장 좋은 출발점이될 것이다.

운동뿐만 아니라, 독서와 글쓰기처럼 하고 싶지만 미뤄왔던 일들을 떠올려보자. 그리고 지금 당장 실천할 작은 루틴을 만들어 보자. 의지력은 무한정 공급되는 것이 아니므로 가능한 쓸데없는 곳에 의지력을 태워버리지 말고 전략 게임의 자원처럼 현명하게 투자해야 한다. 의지력이 가장 높을 때 가장 우선적이고 중요한 단 한 가지만 하면 된다.

우리는 흔히, 자신의 의지력을 과대평가한다. 완벽한 계획을 세우고 한번에 모든 것을 바꾸려 하지만 그것은 실현 불가능한 욕심일 뿐이다. 나의 일상 운동은 처음에는 의지력이 필요했지만 이제는 자연스러운 습관이 되었다. 가장 중요한 것은 자신의 상황에 맞는 '지속 가능한 작은 습관'을 찾는 일이다. 그리고 이렇게 형성된 습관은 더 이상 의지력을 필요로 하지 않는 우리 삶의 자연스러운 일부가 된다.

오늘도 "운동해야 하는데…."라며 망설이고 있는가? 거창한 계획은 접어 두고, 지금 당장 할 수 있는 작은 실천부터 시작해 보자.

> "우리가 반복해서 하는 것이 바로 우리 자신이다.
> 그러므로 탁월함은 행위가 아니라 습관이다."
> -아리스토텔레스

시간이 쌓여 이루는
운동의 기적

·

운동을 시작할 때는 이렇게 오래 지속할 줄 몰랐다. 아이 둘을 낳고 육아를 하며 어깨와 등에 온갖 고통이 얹힌 듯했다. 아프지 않기 위해 요가를 시작했다. 특별히 운동에 소질이 있지도 않았고 타고난 것도 없었다. 햄스트링이 짧아 전굴 자세조차 힘들었고, 몸은 뻣뻣했다. 그러나 시간이 흐르며 내 몸은 조금씩 달라져 지금은 요가 매트 위에서 요상한(?) 자세까지도 소화해낸다. 나는 이 모든 변화가 '시간의 힘' 덕분임을 안다. 머리서기가 저절로 되었던 그날처럼 모든 노력은 결국 어딘가로 흐르고 있다.

요가를 시작할 때 가장 두려웠던 것은 내 모습이었다. "내가 이렇게 뻣뻣한데 과연 할 수 있을까?"라는 의구심은 늘 따라다녔고 남들의 시선이 신경 쓰였다. 몸이 잘 풀리지 않아 기본 동작조차 버거웠다. 하지만 매트 위에서 반복한 시간이 내게 중요한 깨달음을 주었다. 요가에서 중요한 것은 남과의 비교가 아니라 오롯이 나 자신에게 집중하는 것이었다.

호흡과 움직임, 나만의 속도를 따라가는 것. 이 단순한 원칙이 요가의 시작이었다. 처음엔 불완전하고 어설펐지만 내 몸을 있는 그대로 받아들이는 법을 배웠다.

요가를 하며 가장 놀라웠던 순간은 처음으로 살람바 시르사아사나(머리서기)에 성공했을 때였다. 시작할 때부터 목표로 삼은 동작은 아니었다. 그저 매일 조금씩 몸을 움직였을 뿐이었다. 그런데 어느 날, 불현듯 자연스럽게 머리서기 동작이 되었다. 요가를 시작한 지 5년쯤 되었을 때였던 것 같다. 그 순간은 말로 다할 수 없이 벅찼다. 그전까지는 시도해도 되지 않던 동작이었기에 더 감격스러웠다. 그날, 매일 쌓아온 작은 노력은 배신하지 않는다는 걸 깨달았다. 운동은 눈에 보이는 결과를 당장 주지 않을 수도 있지만 꾸준히 나를 변화시키고 있었다.

운동이 내게 가르쳐 준 가장 큰 교훈은 매일 조금씩 쌓아 가는 것만으로도 충분하다는 점이었다. '어제보다 더 잘해야 한다.'는 강박을 내려놓았다. 대신 매일 같은 마음으로 매트를 펴고 몸과 마음을 조율하는 과정 자체에 집중했다. 요가는 몸을 유연하게 만들어 주었을 뿐만 아니라 마음의 긴장도 자연스럽게 풀어주었다.

'나는 원래 뻣뻣해서 안 돼.'라는 생각은 이제 과거의 말이 되었다. 요가는 내게 한계를 넘어서기보다 그 한계와 조화롭게 살아가는 법을 알려 주었다.

살다 보면 모든 것이 헛되게 느껴질 때가 있다. "아무것도 이루지 못했다."라는 생각에 사로잡힐 때도 있다. 그러나 매일 조금씩 쌓아 가고, 어디론가 나아가고 있다. 과거의 나를 인정하고 현재의 나를 받아들이며 내일의 변화를 기대하는 것. 운동이 내게 알려준 가장 큰 깨달음은 작은 노력의 축적이 만든 변화다.

매일 조금씩 반복하는 일들은 당장에는 아무런 변화를 가져오지 않는 것처럼 보이지만 그 작은 움직임들이 마침내 임계점을 넘어설 때, 우리는 상상도 못 한 결과를 마주하게 된다. 요가 매트 위에서 머리서기를 처음 성공했던 그날처럼.

삶은 한 발짝씩 나아가는 과정이다. 그 걸음은 작고 느려 보이지만 결국 큰 변화를 만든다. 우리가 매일 이어 간 그 작은 걸음들은 결국 양이 쌓여 폭발적인 도약으로 이어진다. 운동만이 아니다. 독서, 학습, 관계, 모든 분야에서 매일 쌓아 가는 노력은 우리 자신을 조금씩 변화시키고 언젠가 눈부신 결실로 보답한다.

삶은 기적 같은 특별한 날이 아니라 작은 변화가 쌓이는 과정에서 완성된다. 기적은 매일의 평범한 순간 속에서, 반복된 노력 속에서 천천히 쌓인다. 오늘도 그 기적을 마주하는 순간을 기다린다.

나에게 매트를 펴는 것은 단순한 운동을 넘어 나를 변화시키고 내일의 나를 만들어 가는 중요한 한 걸음이다. 매일 쌓이는 작은 노력이 당신의 삶에 기적을 가져다줄 것이다. 그러니 오늘, 당신도 '나만의 매트'를 펴고 한 걸음을 내딛어 보자.

독서와 글쓰기로
완성되는 시간

"스스로 생각하고 결정하며
행동할 수 있는 힘이 바로 직관이다."

-『고전이 답했다』, 고명환

일상을 가득 채운 수많은 선택 앞에서 나는 이 문장을 떠
올린다. 직관은 내 안에서 길을 밝혀 주는 나침반과 같다. 때
로는 불확실한 길 앞에서 머뭇거리지만 나침반은 언제나 방
향을 알려준다. 이러한 직관은 어디에서 오는 걸까? 나의 직
관은 독서와 글쓰기에서 온다.

워킹맘으로서 매일 바쁘게 살아간다. 초등학교 3학년과 1학년, 두 아이를 돌보며 일을 하고 하루의 시간을 쪼개 계획하는 일상이 반복된다. 그 과정에서 종종 스스로를 잃어버릴 것 같은 순간이 찾아온다. 내 안의 에너지가 모두 소진되었다고 느낄 때, 책을 펼친다. 책 속의 문장들은 가쁜 숨을 내쉬던 내게 산소를 공급하듯 새로운 힘을 준다. 책을 통해 얻는 것은 지식뿐 아니라, 개념과 직관이 어우러지는 과정의 경험이다. 개념은 삶을 설명하는 언어이고 직관은 그 언어를 내 삶에 적용하는 힘이다. 예를 들어, 육아를 개념적으로 정의하면 '아이를 돌보는 일'이라 간단히 설명할 수 있다. 하지만 현실은 결코 단순하지 않다. 아이가 울고, 웃고, 화내며 부모를 지치게 하는 감정의 파도를 온몸으로 마주해야 한다. 이 과정에서 필요한 것이 직관이다. 그리고 그 직관은 책 속에서 배우고 느낀 것들로부터 자라난다.

책은 삶을 지탱하는 힘이다. 책을 읽지 않으면 성장의 기회를 잃는다. 책 속의 이야기는 나의 경험과 만나 새로운 시각과 깊이를 더한다. 만약 독서를 멈춘다면 내면의 나침반은 더 이상 새로운 방향을 제시하지 못할 것이다. 이렇듯 독서는 성장의 불변 법칙이다. 우리는 배움을 멈출 수 없고, 책은 그 배움의 중요한 원천이 된다.

글쓰기는 나만의 호흡이다. 혼자만의 시간 속에서 나를 돌아보고 생각을 정리하며 온전히 나로 존재하는 순간을 찾는다. 그 과정은 때로는 눈물이 나도록 어렵지만 동시에 큰 위로를 준다. 첫 문장을 쓸 때 어떤 방향으로 가야 할지 몰라 막막한 순간이 있다. 하지만 한 문장, 한 단어씩 채워 나가다 보면 어느새 하나의 이야기가 완성된다.

이처럼 독서와 글쓰기는 나에게 큰 의미를 가진다. 육아와 일로 분주한 일상 속에서도 나 자신을 잃지 않도록 돕는 시간이며, 동시에 아이들에게 좋은 본보기가 되어 주기도 한다. 책을 읽고 글을 쓰는 모습을 아이들이 보고 자란다는 것 자체가 '말 없는 유산'이 될 수 있다. 나는 더 나은 엄마가 되고 싶어서, 그리고 무엇보다 스스로를 잃지 않기 위해 책을 읽고 글을 쓴다.

매일같이 바쁘게 돌아가는 삶 속에서 우리는 끊임없이 선택해야 한다. 어떤 말을 할지, 어떤 행동을 할지, 어떤 태도로 삶을 대할지. 이 선택의 순간마다 중요한 것은 나의 직관이다. 직관은 단순한 감(感)이 아니라 내가 지금까지 쌓아온 경험과 배움이 응축된 방향키와 같다. 책을 읽고 글을 쓰는 시간은 그 직관을 단련하는 과정이다.

삶의 수많은 갈림길 앞에서 흔들리지 않기 위해, 내면의 목소리에 더 귀 기울이기 위해, 나는 오늘도 책을 읽고 글을 쓴다.

삶은 끊임없이 회전하는 축과 같다. 그 축이 무너지지 않으려면 자신만의 중심을 찾아야 한다. 내가 독서와 글쓰기를 통해 내 삶의 중심을 잡아가듯, 이 글을 읽는 당신도 자신의 중심을 찾기 바란다. 한 권의 책, 한 줄의 글로 시작한 작은 선택이 당신 삶의 균형을 이루고 흔들림 없는 길로 이끌 것이다.

일상의 모든 순간 속에서 우리는 성장한다. 그러나 성장은 결코 저절로 이루어지지 않는다. 책을 읽고 새로운 생각과 경험을 받아들일 때, 어제보다 더 나은 내일을 향해 나아간다. 독서는 그 성장을 가능하게 하는 중심축이다.

"오늘도 책 읽는 하루 되소서."

오직
철학하라

"철학하는 능력을 갖지 못한 인간은 인공지능에게
대체된다는 것이다. 아니 인공지능의 노예가 된다는 것이다."

-『에이트』, 이지성

인공지능의 발전 속도는 상상을 초월한다. 방대한 데이터
를 분석하고 학습하며 인간보다 빠르고 정밀하게 문제를 해
결하는 AI가 등장하면서 수많은 직업이 대체되고 있다. AI
'켄쇼'는 월스트리트의 트레이더 600명이 한 달 가까이 걸릴
업무를 단 3시간 20분 만에 처리했다. AI '왓슨'은 인간 의사

들이 평생 공부해도 따라잡기 어려울 만큼 방대한 의학 지식을 축적하고 있다. AI '로스'는 미국에서 243년 동안 축적된 법률 문서를 모두 저장하고 1초에 10억 장씩 분석하는 능력을 갖추고 있다. 이처럼 AI는 인간의 논리적 사고와 분석을 훨씬 뛰어넘는 속도로 학습하고 발전하고 있다. 그렇다면, 인간이 AI에 의해 완전히 대체되지 않을 이유는 무엇일까?

그 해답은 '철학'에 있다. 인공지능이 아무리 정교해도 가질 수 없는 인간의 고유한 능력이 있다. 바로 공감능력과 창조적 상상력, 다시 말해 지혜이다. 인간은 지식과 기술을 쌓는 일에서는 AI를 절대 따라잡을 수 없지만, 반대로 AI는 결코 가질 수 없는 것이 '지혜'다. 데이터 분석과 결론만으로 해결되지 않는 복잡한 것이 인간사다. 인간은 언제나 합리적이지 않으며 종종 본능에 따른 결정을 내린다. 많은 심리학적 연구가 이를 뒷받침한다.

예를 들어, 우리는 의사 결정을 내리기 전에 접한 첫 번째 정보에 영향을 받는다(앵커링 효과). 또한, 실패를 걱정하는 데 몰두한 나머지 해결책을 찾기보다 불안에 사로잡혀 행동이

위축되기도 한다(웰렌다 효과). 그리고 우리는 자신의 비논리적인 직감을 과대평가한다. 직감적으로 비이성적인 판단을 하는데 이것이 바로 인간의 본능이다. 운명을 미지의 손에 맡기지 않고 자신의 직감을 믿어버리는 것이다(통제의 환상). 그 외에도 무리 속에 있으면 현명한 개인도 바보가 되는 것(양떼 효과), 그럴듯해 보이는 별자리와 성격유형 테스트를 믿어버리는 것(바넘효과), 과연 사실일까?

인간사는 단순한 지식과 기술로 해결되지 않는다. 인공지능은 이러한 비합리적인 요소를 정확히 예측할 수 없다. 정확히는 예측을 하더라도 변수가 많다. 타인의 심리를 읽어내는 철학적 고찰, 상대방의 감정을 공감하고 이해함으로써 그들을 위로하거나 지원하는 공감능력, 새로운 아이디어를 창출하고, 상상력을 발휘하여 문제를 해결하거나 새로운 것을 창조하는 능력을 가진 사람만이 인공지능에게 대체되지 않는 유의미한 인간이 된다. 여기서 주목해야 할 점은, 인공지능과 인간의 관계를 단순하게 지배할 것인가 지배당할 것인가로 정의할 수 없다. 인공지능은 우리의 적이 아닌 강력한 도구이자 파트너가 될 수 있다. 관건은 이 도구를 어떻게 현명하게 활용할 것인가이다.

이제, 당신은 진정한 철학을 해야 한다. 스스로 생각하고, 자신만의 사고법을 만들어야 한다. IT 기기 사용 시간을 의식적으로 관리하고 그 외의 시간에는 독서와 사색, 예술과 자연을 접하며 다른 사람들과 진정성 있게 교류하는 것이 중요하다. 이를 통해 인간만의 고유한 창조성과 공감능력을 발전시킬 수 있다. 책을 읽고 사유하는 것, 그리고 자신의 생각을 글로 표현하거나 삶에 적용시킨다면 철학은 단순한 지적 유희에서 벗어나 미래의 인공지능 시대에서 당신을 특별하게 만들어 줄 것이다.

이러한 철학을 통해 비판적 사고력과 창조적 능력을 갖추게 되며 인간의 감정과 경험을 공감하고 공유하는 능력을 발전시킬 수 있다. 이를 바탕으로 우리는 단순한 데이터 수용자가 아닌 더 깊은 의미와 가치를 발견하는 지혜로운 존재가 될 수 있다.

당신은 인공지능과 함께 더 지혜로운 미래를 만들어갈 수 있다. 미래 사회는 단순히 지배자와 노예의 이분법적 구도가 아닌, 인공지능을 지혜롭게 활용하여 더 나은 가치를 창출하는 사람들과 그렇지 못한 사람들로 나뉠 것이다.

결국, 철학이란 인공지능에게 대체되지 않기 위해 갖춰야 할 도구이기도 하지만 그보다 더 본질적인 것은 '나에게 다정한 삶'을 만들어 가는 과정이다. 철학을 한다는 것은 단순히 지식을 쌓는 것을 넘어 나 자신과 대화하고, 삶의 의미를 발견하며, 타인과 조화를 이루는 방법을 배우는 것이다.

우리는 인공지능의 시대를 맞이하며 더욱 바쁘고 복잡한 세상을 살아가게 될 것이다. 하지만 그럴수록 중요한 것은 속도를 따라가는 것이 아니라 나 자신을 잃지 않는 것이다. 철학하는 삶은 나에게 다정한 삶이다. 나를 존중하고, 나의 생각을 기르고, 감정을 돌보며, 진짜로 원하는 삶을 찾아가는 여정이다.

철학은 단순히 미래 생존의 기술을 넘어 흔들리지 않는 삶의 지혜를 쌓는 일이다. 인공지능이 분석할 수 없는 인간의 본질적인 가치—공감, 창조성, 지혜—를 더욱 단단히 키울 때, 우리는 어느 시대에서도 변하지 않는 '진짜 삶'을 살아갈 수 있다.

철학하라. 그리고 나 자신에게 다정하라. 그것이 흔들림 없는 삶을 위한 첫걸음이다.

쇼츠의 중독 생태계에서
'생각' 하는 나로

"햇볕은 신생하는 현재의 빛이고 지금 이 자리의 볕이다.
혀가 빠지게 일했던 세월도 돌이켜보면 헛되어 보이는데,
햇볕은 쪼이면서 허송세월 한 때 내 몸과 마음은
빛과 볕으로 가득 찬다."

-『허송세월』, 김훈

허송세월하지 않으려 부단히 하루를 보내지만 하루를 마무리할 때면 허무함이 밀려오곤 한다. 허송세월이란 무엇인가? 하는 일 없이 세월만 헛되이 보내는 게 사전적 의미라면

나에게 허송세월은 다른 의미이다. 사색하고 관찰하고 '허송세월'하며 보냈던 하루들이 모여 '생각'하고 있는 나를 느낄 때 진정한 자유를 만끽한다.

스마트폰이 가져온 편리함 속에서 우리는 점점 생각할 겨를을 잃어 간다. 이미 알고리즘(아마도 내가 나를 아는 것보다 더 많이 나를 알고 있는, 그래서 이름이 '알고' 리즘인가보다.)을 통해 내가 검색하거나 오래 머물렀던 정보만을 쏟아 낸다. 어느 순간, 우리는 검색어조차 입력하지 않은 채 그 흐름에 휩쓸린다. 아이의 시력이 걱정돼 안과를 찾고 관련 정보를 검색했을 뿐인데, 그날부터 내 인스타그램 피드는 온통 아이 눈 영양제 광고로 가득 찬다.

누구는 귀여운 강아지와 관련된 쇼츠에, 남편은 골린이 탈출하기에 급급하다.

그렇게 자유의지인지 아닌지 나만의 맞춤형 영상들을 보다 정신이 번쩍 들어 시계를 보면 매번 '시간이 언제 이렇게 흘렀지.'로 마무리된다. 우리나라에만 백만 유튜버가 천 명이라는데, 나는 고작 그들 중 한두 명을 알 뿐이다. 히밥은 어마어

마하게 먹는 백만 유튜버지만 먹방에 관심 없는 나는 그녀의 이름을 처음 들어본다. 검색어를 입력한 적이 없기 때문일 것이다. 쇼츠와 릴스는 맞춤형 정보를 제공하며 우리는 어느새 익숙해진 그 흐름 속에서 무의미하게 스크롤을 내린다. 이러한 온라인 생태계는 우리를 점점 더 좁은 정보의 울타리 안에 가두고 있다. 만약 우리가 이 문제를 고민하지 않는다면, 주어진 정보 이상의 것을 알 기회조차 사라질 것이다.

무심코 흘려보내는 시간 속에서 가장 중요한 것을 놓치고 있다. 바로 '나 자신'이다. 생각 없이 스크롤을 내리다 보면 어느새 알고리즘이 선택한 정보 속에서만 살고 있는 나를 발견한다. 하지만 진짜 중요한 것은 남이 정해 준 정보 속에서 사는 것이 아니라 스스로 '어떤 생각을 할 것인가.'를 결정하는 것이다.

쇼츠와 릴스의 생태계는 우리에게 끊임없는 자극을 제공하지만 그 안에서 내가 무엇을 원하고, 어떤 삶을 살아가고 싶은지에 대한 질문을 던지기는 어렵다. 결국, 능동적으로 사색할 때 비로소 '내 삶'을 살 수 있다. 생각하는 나로 살아가기 위해서는 주어진 정보에만 머물지 않고 사유하고, 질문하고, 나만의 답을 찾아가야 한다.

생각하자.

고민하고 능동적으로 정보를 취득하고 알고리즘이 나를 알고 보여 주는 중독성 강한 그것들을 경계해야 한다. 현대 기술과 정보 과부하가 우리의 생각과 경험에 미치는 영향을 생각해 보고 능동적으로 삶을 살아가고 사색하는 시간을 가진다면 남들과는 다른 특별함을 만들 수 있다. 쇼츠와 릴스로 시간을 흘려보내기보다, 사색하고 관찰하며 나의 생각을 깊게 가꿔보는 것은 어떨까?

나는 허송세월을 두려워하지 않는다. 단지 시간을 흘려보내는 것이 아니라, 나를 위한 사색과 깊이 있는 관찰의 순간을 쌓아갈 때 오히려 삶은 더욱 충만해진다. 겉으로는 허송세월처럼 보일지 몰라도, 그 시간이야말로 진짜 나를 찾는 가장 빛나는 순간이다.

> "생각하는 대로 살지 않으면, 사는 대로 생각하게 된다."
> **-폴 발레리**

4장

처세 4단계,
겸손과 침묵의 힘

HEAR

사람들과의 관계에서 가장 중요한 것은 무엇일까? 때로는 말을 잘하고 명확하게 설명하는 능력이 중요하다고 생각하기 쉽다. 하지만 사람들의 마음을 움직이는 힘은 말보다 듣는 태도에서 비롯된다. 상대의 이야기를 진심으로 듣는다는 것은 생각보다 쉽지 않다. 그런데 왜 '듣는 것'이 인간관계에서 이토록 중요할까?

나는 종종 '나는 정말 좋은 사람일까?'라는 고민을 하곤 한다. 좋은 사람이라는 평가를 받기 위해 노력하지만 때로는 그 방향이 잘못되었음을 깨닫는다. 외형적인 태도에만 집중하다 보면 정작 중요한 '진심'은 뒤로 밀려날 때가 많다. 타인의 이야기에 깊이 공감하지 못하는 순간, 내 안의 불안과 조급함이 드러난다. 결국 상대가 말하는 동안에도 나는 나 자신에 갇혀 있을 뿐이다.

이런 고민 끝에, 나는 '듣는 사람'이 되기 위해 스스로에게 한 가지 질문을 던졌다.

"어떻게 해야 나의 경청력을 높일 수 있을까?"

일단 들어라

먼저, 상대의 말을 있는 그대로 받아들이는 연습을 해야 한다. '일단 들어라.' 이는 단순한 행동이 아니다. '적극적 경청'의 기본은 상대가 말하는 동안 나 자신을 제쳐 두는 데 있다. 해결하려는 조급한 마음을 내려놓고, 상대의 이야기를 끝까지 듣기만 해도 신뢰는 쌓인다.

말하지 마라

경청은 말로 하는 설득과 달리 행동으로 이뤄진다. 특히,

내 의견을 서둘러 말하려는 습관을 고치는 것이 중요하다. 잘 듣는다는 것은 상대를 이해하려는 태도에서 시작되며 '나도 알아.'라는 반응보다는 '당신이 어떻게 느끼는지 궁금하다.'는 마음에서 비롯된다. 호응을 빙자한 낚아채기, 대화의 주도권을 빼앗아 오는 것은 공감이 아니라는 것을 알아야 한다. 결국 말을 아끼는 태도는 내가 상대를 온전히 받아들이겠다는 의지의 표현이다.

감정에 휘둘리지 마라

듣는다는 것은 나 자신의 감정에 휘둘리지 않겠다는 다짐이기도 하다. 인간관계에서 종종 우리는 상대의 감정에 지나치게 몰입하거나 반대로 지나치게 방어적으로 반응하는 모습을 보인다. 그러나 진정한 경청은 '냉정하게, 그러나 따뜻하게' 상대를 바라보는 데 있다. 감정적으로 흔들리지 않으면서도 상대의 마음에 공감할 수 있다면, 대화의 질을 훨씬 높일 수 있다.

경청은 결국 내 가치를 높이는 과정이다

진심으로 상대를 존중하는 태도는 내가 가진 인간관계의 에너지를 풍부하게 만들며 서로를 연결시킨다. 듣는 시간은 결코 헛된 시간이 아니다. 오히려 내가 상대를 알아가고 그를 통해 나 자신을 성장시키는 기회다.

이 모든 노력은 나를 위한 것임과 동시에 궁극적으로 상대방을 위로하고 그에게 따뜻한 마음을 전달하는 과정이다. 좋은 사람은 남들의 이야기를 잘 들어주는 사람이다. 이런 작은 변화가 쌓이고 쌓여, 언젠가는 진정한 "좋은 사람"에 한 발짝 가까워질 것이다.

나는 오늘도 다짐한다.

'잘 듣자. 내 안의 불안함을 잠시 내려놓고 상대의 이야기에 온전히 집중하자.' 잘 듣는다는 것은 단순히 귀를 기울이는 것이 아니다. 그것은 나 자신과 타인 모두에게 따뜻한 위로를 건네는 가장 강력한 힘이다.

> "말하는 것은 지식의 영역이고
> 경청하는 것은 지혜의 특권이다."
> **-올리버 웬델 홈스**

낚아채기를
멈춰라

나도 한때 말이 많은 사람이었다. 아니, 사실 지금도 적지 않다. 의견을 빠르게 표현해야 하며 침묵은 수동적인 태도라고 생각했다. 그래서 늘 자신의 입장을 드러내는 사람이었다. 하지만 대화가 길어질수록 내 말이 상대방에게 닿기보다 멀어지는 것을 느낀다. 더 나아가 내가 한 말이 오히려 상황을 악화시키는 경우도 있다.

이런 상황에서 문제를 해결하기 위해 〈말 잘하는 법〉을 다룬 책들을 거의 빼놓지 않고 읽은 것 같다. 내게 필요한 것은 더 나은 표현법이나 논리적 설득 기술이라 생각했기 때문이다. 그러나 여러 책을 읽고 대화를 반복하며 깨달았다. 진정한 대화의 기술은 화려한 수사나 날카로운 논리가 아니라 오히려 덜 말하고 더 듣는 것에서 시작된다는 사실이었다.

말하는 즐거움의 함정: 쾌감중독

우리는 왜 말을 많이 할까? 자신의 이야기를 전하며 느끼는 쾌감 때문이다. 사람은 누구나 자기 경험과 생각을 표현하며 심리적 만족을 얻는다. 내가 주인공이 된 듯한 순간 상대의 호응에서 느껴지는 인정, 이 모든 것이 말을 멈출 수 없게 만든다. 하지만 그 쾌감은 짧은 순간뿐이며 대화가 길어질수록 내 말이 빛을 잃어 가는 것을 깨닫게 된다.

적게 말하는 것이 대화의 진정한 힘이다

적게 말하는 것은 단순한 침묵이 아니다. 이는 자신의 욕구를 조절하고 상대방에게 진정한 공간을 내주는 대화 기술이다. 오랜 시간 '잘 말하는 것'이 중요하다고 생각했지만 진정한 대화의 성공은 '잘 듣는 것'에서 시작된다. 대화의 중심은 나 자신이 아니다. 말을 줄이고 상대의 이야기를 듣기 시작했을 때 상대방의 감정과 생각을 진정으로 이해할 수 있다. 이는 단지 상대를 존중하는 것 이상의 효과를 가져온다. 내가 적게 말할수록 오히려 내 의견이 더 큰 무게를 가지게 되는 것이다. 대화를 성공으로 이끄는 가장 강력한 방법은 침묵을 배우는 것이다. 상대방이 자신의 이야기를 펼칠 수 있도록 기다리고 필요한 순간에 짧고 정확하게 말하는 것이 진정한 소통이다.

대화의 주도권, 낚아채기를 멈춰라

자신의 말에 쾌감을 느끼는 순간, 우리는 쉽게 상대방의 이야기를 가로채는 실수를 저지른다. 침묵이 불편하더라도 기다리는 것이 상대를 더 깊이 이해하는 기회를 만든다.

호응을 빙자한 낚아채기는 대화의 흐름을 깨뜨린다. 상대의 말을 경청하는 듯하면서도 결국 자신의 이야기를 덧붙이는 것은 공감이 아니다. 진정한 호응이란 상대의 이야기를 있는 그대로 인정하고 공감하는 것이지, 자신의 주장이나 경험을 끼워 넣는 기회가 아니다. 대화는 상대의 이야기 속에 머물러 주는 여유에서 깊어진다.

예를 들어,

A: "요즘 아이가 계속 밤에 잠을 설치고 울어서 정말 힘들어."

B: "아, 그거 알아! 우리 애도 그랬어. 나는 새벽마다 몇 번 씩 깨서 정말 미치겠더라."

B의 반응은 얼핏 보면 공감하는 것 같지만 사실 상대의 이야기를 중간에 가로채고 자신의 경험을 강조하는 말이다.

대신 이렇게 말해 보자.

A: "요즘 아이가 계속 밤에 잠을 설치고 울어서 정말 힘들어."

B: "정말 많이 힘들겠네. 잠까지 부족하면 하루가 너무 힘들겠어. 혹시 아이가 왜 그러는 것 같아?"

이런 반응은 상대의 이야기를 인정하고 그 감정을 받아들여 대화를 이어 가는 태도다. 이처럼 '상대의 이야기에 머무는 대화'는 감정의 깊이를 느끼게 해 준다. 낚아채지 않는 호응은 서로의 마음을 이해하고 관계를 돈독히 하는 소통의 시작이다. 진정한 호응은 낚아채는 것이 아니라 함께 머물러 주는 것이다. 대화의 흐름은 상대를 향한 배려와 여유 속에서 깊어진다.

질문하라

질문은 대화를 깊어지게 만드는 강력한 힘을 지닌다. 상대 방이 그 순간 느꼈던 감정은 어땠는지, 어떤 마음이었는지, 그리고 그로 인해 어떤 변화가 있었는지를 물어보라. 이러 한 질문은 대답을 통해 상대를 더 깊이 이해할 실마리를 제 공하며 타인의 이야기를 듣는 즐거움을 비로소 깨닫게 되는 순간을 선사한다.

말을 줄이고 상대의 이야기를 듣기 시작하면 흥미로운 변 화가 일어난다.

적게 말할수록 내 의견은 더 큰 무게를 갖게 되고 상대는 내 말에 더욱 집중하며 그 가치를 높이 평가한다. 동시에 내 가 느끼는 쾌감이 대화의 중심이 아니라는 사실을 알게 된 다. 진정한 쾌감은 상대와의 연결에서, 그리고 더 깊어진 관 계에서 비롯된다는 것을.

적게 말하는 것은 여전히 쉽지 않다. 하지만 침묵의 불편 함을 넘어설 때 대화 속에서 진정한 가치를 발견하게 된다. 대화의 핵심은 나를 드러내는 것이 아니다. 오히려 내가 덜

말함으로써 상대방이 더 많이 드러날 수 있게 하는 데 있다. 여전히 나는 말이 많지만 이 내용들을 여러 번 생각하고 점점 대화의 주도권을 상대방에게 주려고 노력한다. 이러한 노력은 상대를 위한 것이자 동시에 나를 위한 지혜다.

> "현명한 자는 모든 것을 말하지 않고,
> 어리석은 자는 아무것도 숨기지 않는다."

침묵이
만드는 공간

살다 보면 모든 것을 알고 모든 문제에 답을 해야 한다는 압박감을 느낀다. 그러나 때로는 답을 모르는 척하거나 침묵을 지키는 것이 더 현명할 때가 있다. 침묵은 단순히 말을 하지 않는 것이 아니라 관계와 성장을 위한 공간을 여는 중요한 도구다.

말은 세상을 가득 채우지만 침묵은 세상을 넓힌다. 누군가 자신의 감정을 이야기할 때, 우리는 종종 조언하거나 해결하려는 충동에 사로잡힌다. 그러나 그 순간, 상대가 원하는 것은 해결책이 아니라 자신의 이야기가 울려 퍼질 공간일지도 모른다.

침묵은 상대의 말이 충분히 스며들도록 여백을 남겨준다. 그들이 자신의 감정을 더 깊이 느끼고 이해할 수 있는 기회를 제공한다. 말을 멈추는 것, 그 자체가 어른의 지혜. 결국 모든 것을 아는 듯한 태도보다 상대가 스스로를 발견하도록 기다리는 시간이 관계를 더 단단하게 만들어 준다.

나는 비교적 최근까지도 세상의 모든 문제를 해결해야 한다고 믿었다(일명 '조언충'이라고 불리는 유형이었다). 친구의 고민, 동료의 불만, 아이의 투정에도 늘 '이것이 답이다.'라고 말해야 내 역할을 다했다고 느꼈다. 그러나 시간이 지나면서 깨달았다. 내가 모든 문제를 해결할 수도, 해결해야 할 필요도 없다는 것을. 오히려 해결책을 바로 제시하는 대신 스스로 생각할 시간을 주었을 때 더 창의적이고 지속 가능한 결과가 나온다. 내가 한 발 물러나 침묵할 때 그들이 스스로 문제를 해결하는 힘을 발견하는 것이다.

침묵은 단순한 무언(無言)이 아니다. 그것은 상대에게 '나는 너를 믿는다.'라는 메시지를 전하는 행위다. 상대가 자신의 문제를 헤쳐 나갈 능력이 있다는 믿음, 그리고 그 과정을 지켜볼 용기가 담겨 있다.

얼마 전, 조카가 진로 고민을 털어놓았다. 조언을 해 주고 싶었지만 대신 "그랬구나. 너는 어떻게 생각해?"라는 말과 함께 침묵을 남겼다. 처음엔 어색했지만, 조카는 점차 자신의 진짜 꿈과 두려움에 대해 이야기하기 시작했다. 나의 침묵 덕분에 조카는 스스로를 돌아보고 자신의 이야기를 완성할 시간을 가질 수 있었다.

삶은 때때로 너무 시끄럽다. 질문에 답을 해야 하고 의견을 제시해야 하며 때로는 말하지 않아도 되는 순간에도 말을 해야 한다고 느낀다. 하지만 어른의 지혜는 그 반대에 있다. 말을 멈추고 침묵의 순간을 만드는 것. 그 여백 속에서 더 깊은 관계와 명료한 판단을 만들어 갈 수 있다.

모르는 척하는 태도 역시 단순한 무지가 아니다. 그것은 상대방이 스스로 답을 찾을 수 있는 공간을 열어 주는 배려이며 관계를 더 깊고 단단하게 만드는 방법이다. 또한 스스로 모든 것을 해결하려는 강박에서 벗어나 나 자신에게도 여유를 허락하는 행위다. '모든 것을 알지 않아도 괜찮다.'는 이 단순한 진리가 삶을 얼마나 풍요롭게 만드는지 깨닫는 데는 시간이 걸렸다. 침묵의 여백은 관계와 성장을 위한 최고의 토양이라는 것을 이제야 조금 알 것 같다.

오늘부터 의식적으로 침묵의 순간을 만들어 보자. 그 작은 실천이 우리의 삶과 관계를 더 풍요롭고 지혜롭게 변화시킬 것이다. 모든 것을 알 필요는 없다. 가끔은 모르는 척, 침묵의 여백을 남겨보는 것이다. 그것이야말로 어른의 품격이고 지혜다.

겸손, 처세 9단의
가장 강력한 무기

우리는 종종 모르는 것을 아는 척하거나 성취를 자랑하며 인정받으려 한다. 왜일까? 순간의 쾌감과 칭찬이 주는 달콤함 때문일지도 모른다. 하지만 그것이 정말 나를 성장시키는 길일까? 허울뿐인 칭찬이 내 삶에 어떤 의미가 있을까?

겸손, 모든 지혜의 출발점

겸손한 사람은 자신의 부족함을 인정하고 타인의 의견에 귀 기울인다. 스스로를 과장하지 않으면서도 자신감 있게 행동한다. 또한, 자신의 한계를 깨닫기에 뛰어난 사람을 만났을 때 존경과 감사의 마음으로 배우려 한다.

반면, 아는 것이 적을수록 자신감은 과도해진다. 자신의 지식이 전부라고 믿는 자아도취는 결국 주변의 신뢰를 잃게 만든다. 당신도 분명 주변에서 이런 사람을 떠올릴 수 있을 것이다. 말을 멈추지 않으며 자신을 과시하는 사람. 하지만 그런 사람을 보며 얼마나 불편했는지 기억해 보자. 내적 불안감에서 시작된 자기 과시, 인정받고 싶어서 했던 모든 행동과 말들이 실제로는 인정받지 못하는 아이러니. 이런 행동은 자신감 부족에서 비롯된 경우가 많다. 무엇인가를 몰라 보일까 두려워, 포장하려는 태도는 오히려 불안을 키우고 관계를 위태롭게 한다.

진정한 겸손은 자신의 의견을 고집하지 않고 상대의 의견을 열린 마음으로 받아들이는 데서 시작된다. 때로는 강하게 믿었던 일에 있어서도 시간이 지나 '내가 틀렸구나.'라고 깨닫게 되는 순간이 있다. 이때 겸손한 사람은 내가 틀렸다는 사실을 인정한다. 실패의 원인을 밖에서 찾는 것이 아니라 내가 하기에 달려 있다고 생각하기 때문에 자연히 자신의 의견을 강요하지 않고, 그 태도는 상대방에게 겸손으로 다가간다. 이러한 태도는 담백하면서 기품이 있다.

겸손함은 이처럼 스스로에게 내면의 자유를 준다. 겸손은 자신을 솔직히 바라보는 태도에서 비롯되는데, 모르는 것을 모른다고 인정하는 데에는 큰 용기가 필요하다. 내면의 힘을 가진 사람은 자신의 부족함을 수용한다. 완벽하지 않은 모습까지 스스로 사랑하고 존중하기 때문에 타인의 시선을 의식하지 않고도 자신의 길을 걸어갈 수 있는 것이다. 또한 겸손한 사람은 조용히 자신의 일을 해낸다. 소란스럽지 않고 묵묵히 책임을 다하며 타인의 평가에 휘둘리지 않는다. 이런 사람은 감정을 낭비하지 않기 때문에 불필요한 불안에서 자유롭다.

과장된 포장은 언젠가 벗겨지기 마련이다. 하지만 겸손한 사람은 시간이 흐를수록 그 가치를 인정받는다. 지금 속도가 느리게 느껴질지라도 당신의 길을, 당신의 방식과 속도로 걸어가라. 다른 사람에게 인정받고자 애쓰던 모든 노력을 멈추고 내면의 성숙함을 키우는 데 집중할 때 당신의 가치는 스스로 빛을 발할 것이다.

인정받고자 하는 욕구는 인간의 본성이다. 그러나 그 욕구를 겸손으로 다스릴 때 우리는 비로소 더 깊은 관계를 만들어 간다. 겸손한 사람은 자신의 업적을 과시하지 않으면서도 상대의 의견을 존중하고 이런 태도는 신뢰를 낳고 관계를 더 단단하게 만든다. 반대로, 과도한 자랑과 인정 욕구는 자신의 약점을 감추려는 행동으로 보이기 쉽다. 이는 불안을 가중시키고 관계에 균열을 만든다. 결국, 겸손함은 내면의 힘과 성숙함을 나타내는 것이다. 이런 힘은 인정받기 위해 애쓰지 않아도 자연스럽게 드러난다.

우리는 거대한 자연 속에서 하나의 작은 점에 불과하다. 겸손하지 않을 이유가 있을까? 스스로를 과시하거나 타인을 낮추려 하기보다 내 안의 고유한 가치를 믿고 그 자체로 만족하라. 당신의 전부는 당신 안에 있다.

다름을 인정하고 너그러우며 타인을 존중하는 태도에서 비롯된 겸손함이야말로 인간관계에서 진정한 해방감을 느끼게 할 것이다. 오늘부터는 겸손의 무기를 손에 쥐어 보자. 세상의 소란에 휩쓸리지 않고도 당신의 가치는 충분히 빛날 것이다.

> "아는 척하지 마라. 아는 자는 조용하다."
>
> -노자

처세 9단의 다정한 철학

처세 5단계,
나는 어떤 사람이고 싶은가?

Why Not Bullying

(관계의 시대, 우리가 선택할 길)

 우리가 던진 돌멩이는 결국 물결이 되어 돌아온다. 괴롭힘이라는 작은 돌 하나가 시간이라는 강에 던져져 죄책감과 고통의 파장을 일으킨다.

 성공 가도를 달리던 한 연예인이 과거 학교폭력 가해자였다는 사실이 밝혀지자 그의 삶은 한순간에 무너졌다. 무대 위에서 환호를 받던 그는 하루아침에 비난의 대상으로 전락했고 모든 것을 잃었다. 팬들은 등을 돌렸고 광고와 방송에서 그의 흔적은 사라졌다. 시간이 흘러도 인터넷 속 디지털 기록은 그의 과거를 영원히 붙잡아 둔다.

괴롭힘이라는 부메랑은 시간이 지날수록 더욱 날카로워져 돌아온다. SNS와 인터넷이 발달한 현대 사회에서는 작은 행동 하나도 폭풍처럼 커진다. 사소한 조롱과 괴롭힘이 만들어 내는 파장은 우리의 상상을 초월한다.

"오늘도 나는 그날의 기억에서 벗어나지 못한다.
복도에서 느꼈던 차가운 눈빛, 내 귀를 스치던 조롱의 말들.
10년이 흘렀지만 그때의 상처는 여전히 생생하다."

- 학교폭력 피해자의 일기 중

괴롭힘은 단순한 상처로 끝나지 않는다. 불교에서는 이를 '업(業)'이라고 부르며, 현대 심리학에서는 '세대 간 트라우마 전이'로 설명한다. 이처럼 피해자는 그 상처를 자녀에게 물려주고, 가해자의 공격성은 다음 세대로 이어지는 경우가 많다.

괴롭힘의 본질은 자기 통제력 부족에서 비롯된다. 누군가를 얕잡아 보며 우월감을 느끼기 위해 타인을 괴롭히는 것은 결국 자신의 불안과 열등감을 감추려는 것일 뿐이다. 심리학자들은 이를 "보상적 공격성"이라 부르는데, 자신의 결핍을 타인에게 전가하며 일시적으로 안도감을 느끼려는 방어기제다.

불안과 열등감을 조절하는 자기 통제는 연습으로 기를 수 있다. 분노가 치밀 때 깊게 숨을 들이쉬고 내쉬는 간단한 호흡법을 시도하거나 화가 났을 때 그 감정을 글로 써보는 것도 도움이 된다. 매일 저녁 하루를 돌아보며 자신을 성찰하는 작은 습관이 쌓이면 감정을 다스리는 힘은 점차 강해진다.

진정한 강함은 타인을 제압하는 것이 아니라 자신의 분노와 충동을 다스리는 데서 나온다.

불교의 이러한 가르침은 현대를 살아가는 우리에게 중요한 지혜를 전한다. 괴롭힘 대신 이해와 공감을 선택하면 우리는 더 나은 미래를 만들어 갈 수 있다.

또한 누군가 나를 괴롭혔다 해도 그 악순환을 이어 갈 필요는 없다. "원수를 갚기 위해 시간을 소비하지 말라. 그것은 너의 평온을 훔쳐 갈 뿐이다." 토마스 제퍼슨의 말처럼 복수는 나를 소모할 뿐이다. 분노와 복수심에서 벗어나 지혜와

자비를 향해 나아가는 것, 그것이 진정한 치유의 시작이다.

우리는 매일 선택의 기로에 선다. 다른 사람을 괴롭히지 않기로 하는 선택은 단순히 착한 사람이 되자는 도덕적 의무가 아니다. 그것은 나 자신을 위한 가장 현명한 투자다. 성공한 사람들의 공통점을 보라. 그들은 뛰어난 실력뿐만 아니라 주변 사람들과 신뢰를 쌓으며 긍정적인 관계망을 형성한다. 반대로 과거의 괴롭힘으로 인해 모든 것을 잃은 사례는 너무나 많다. 자신의 미래를 위해서라도 괴롭힘이라는 씨앗을 뿌리지 않아야 한다. 그것은 언제 폭발할지 모르는 시한폭탄과 같으며 터지는 순간 나의 모든 것을 앗아갈 수 있다. 타인을 괴롭히는 행동은 나 자신의 발목을 잡는 어리석은 행위임을 명심해야 한다. 괴롭힘이라는 선택은 단지 순간의 감정에서 비롯될지라도 그 파장은 나와 상대방, 그리고 사회 전반에 걸쳐 깊고 오래 남는다.

나의 작은 악의는 누군가의 삶을 무너뜨릴 수 있다. 또한 우리가 던진 돌멩이는 결국 우리 자신에게 돌아오므로 괴롭힘이라는 무거운 짐 대신 신뢰와 존중이라는 다리를 놓는 선택이야말로 가장 현명한 길이다.

우리가 매일 선택하는 작은 행동이 결국 우리의 삶을 결정 짓는다. 작은 악의가 상대방의 삶을 파괴할 수 있다면, 작은 선의는 상대방뿐 아니라 내 삶까지 변화시킬 수 있다. 괴롭힘을 멈추고 이해와 공감, 신뢰와 배려로 관계를 쌓아 가는 것. 이것이 우리 자신과 다음 세대에게 남길 수 있는 가장 귀중한 유산이다. 이것은 단순히 도덕적 교훈을 넘어서 성공적인 삶을 위한 가장 실용적인 지혜다. 이해와 배려로 관계를 쌓아 가면 흔들리지 않는 삶의 기반을 마련할 수 있다.

우리는 모두 서로 연결된 세상 속에 살고 있다. 타인을 존중하는 태도는 나 자신의 평온을 위한 첫걸음이며, 더 건강하고 밝은 사회를 만드는 가장 중요한 시작점이다.

이제, 당신은 관계 속에서 어떤 선택을 할 것인가?

보이지 않는
내 편 만들기, 인사

이사 온 지 5년째, 아파트 엘리베이터에서 만나는 사람에게 나는 항상 먼저 인사한다. 기분이 좋든 나쁘든, 상황이 어떻든, 어떤 사정이 있든 간에 꼭 인사한다. "안녕하세요."

목례 정도로 간단하게 할 수도 있지만 나는 미소를 띠고 소리 내어 인사한다. 어떤 사람은 목례로 답하고 어떤 사람은 미소로 응대한다. 이제는 먼저 인사를 건네는 이웃도 생겼다.

내가 인사에 대해 깊이 생각하게 된 계기는 우연한 순간이었다. 어느 날 유튜브에서 '초등 담임 선생님과의 상담에서 꼭 여쭤야 할 질문 3가지'라는 제목의 영상을 보게 되었다.

첫째, 인사는 잘하나요?

둘째, 정리정돈은 잘하나요?

셋째, 수업에 적극적으로 참여하나요?

당시 학교 갈 아이가 없었지만 아주 가까운 미래의 일이라 무슨 내용일지 궁금했고 그 중 첫 번째가 "인사는 잘하나요?"라는 점이 신선하게 다가왔다. 인사를 잘해야 한다는 것을 알고는 있었지만 구체적으로 고민해 본 적이 없었다. 왜 인사를 잘하는지가 학교 담임 선생님과의 면담에서 가장 중요하게 물어봐야 할 핵심 질문일까?

"인사는 자기 자신에 대한 존중과 가치를
인정하는 행동으로, 자기 존중감을 향상하는 데 기여한다.
인사는 자기 자신에 대한 긍정적인 자아 개념을
형성하고 유지한다."

-「Mindfulness」(Ellen J. Langer, 2014)

엘리베이터에서 만난 사람들은 처음에는 웃으며 인사하는 나를 낯설어했다. 그 낯선 엘리베이터 분위기는 5살 아이도 느낄 수 있었다.

"엄마 저 아저씨가 인사 안 받아 주는데."

"괜찮아, 엄마는 저 아저씨를 위해서 인사한 게 아니라 엄마를 위해서 인사했거든. 받아 주고 안 받아 주고는 그 사람 마음이니까, 엄마랑은 상관없지."

당신이 낯선 사람에게 인사를 할 때 가장 중요한 것은 무엇인가? 모르는 사람에게 인사하면 저 사람이 나를 이상하게 보지 않을까 걱정하는가?

등산하다 아이들이 예쁘다고 쳐다보는 어른들에게 먼저 인사한다. "안녕하세요." 길을 가다가 좁은 통로에서 마주치는 곤란한 상황이 생기면 먼저 인사한다. "안녕하세요." 엘리베이터 문을 급하게 닫지 않고 기다려 주는 사람이 있으면 "기다려주셔서 감사합니다." 귀찮은 일을 부탁할 때는 "번거롭게 해 드려 죄송합니다." 이 한마디 인사를 건네는 것만으로도 나 자신에 대한 긍정적인 자아를 형성하게 해 준다. 대단한 일을 한 것도 아닌데 나의 인사만으로 상대방이 나에게 전해 주는 따스함은 어느새 내 어깨 위로 살포시 와 앉는다.

낯선 사람에게 건네는 인사는 따뜻한 햇살이 스며드는 것과 같다. 인사를 통해 우리는 서로의 거리를 좁히고 이해의 다리를 놓는다. 이는 곧 사회적 유대감을 형성하는 열쇠이고 인사를 통해 자신의 따뜻함과 친절함을 표현하며, 상대방에게 긍정적인 인상을 남긴다.

인사를 나눈 사람들과 어디를 갔다 오는 길인지, 아이는 몇 살인지, 시시콜콜 대화를 나누지는 않는다. 단지 인사만 할 뿐이다. 하지만 인사만으로 긍정적인 감정과 사회적 연결이 된다. 상대방에 대한 존중과 관심을 안녕하세요, 한마디로 표현할 수 있고 이는 곧 나의 긍정적인 인상을 형성하는데 기여한다. 낯선 이와의 인사가 어색하게 느껴질 수 있지만 그 순간을 통해 우리는 서로의 존재를 인정하고 존중하는 법을 배운다.

현대 사회에서 인사의 가치는 더욱 빛난다. 디지털 기기에 둘러싸여 점점 단절되어 가는 시대, 진심 어린 인사는 잃어 가던 인간다움을 되찾게 해 주는 소중한 연결고리다. 그것은 단지 형식적인 예의가 아닌 우리의 인간성을 확인하고 서로의 가치를 인정하는 깊은 의미를 담고 있다. 인사는 마치 물결처럼 퍼져나가며 그 영향력은 예상보다 크다. 한 번의 인사가 다른 사람에게 영감을 주고 그 사람도 다른 사람에게 인사를 건네게 된다. 이렇게 인사의 파동은 사회적으로 긍정적인 에너지를 전파하며 우리 모두를 조금 더 연결되게 만들어 준다.

그러므로 먼저 웃으며 인사를 건네는 것은 단순한 예의가 아니다. 그것은 긍정적인 에너지를 창조하는 힘이다. 인사를 통해 우리는 서로의 가치를 인정하고, 관계를 더욱 풍요롭게 만들 수 있다.

"진심 어린 인사는 작은 행동이지만,
그 사람이 지닌 가치를 크게 빛나게 한다."

다정함이라는
빛

"엄마, 정은이는 참 다정한 아이야."

둘째 딸이 밥을 먹다가 불쑥 말했다. 아이와의 대화란 늘 예고 없이 시작된다. 마치 어두운 밤하늘에 갑자기 떠오르는 별처럼, 그 말은 내 마음속에 작은 빛을 남겼다.

"왜? 무슨 일이 있었어? 정은이가 다정하다고 느낀 이유가 뭐야?"

"오늘 축구하다가 친구가 나를 밀어서 넘어졌는데, 정은이가 와서 괜찮냐고 물어봤어."

아이의 대답은 짧지만 그 안에 담긴 울림은 길었다.

"그랬구나. 다치진 않았어? 아팠겠다. 정은이가 괜찮냐고 물어봐 줘서 기분이 좋았어?"

"응. 그런데 미래는 자기가 밀었는데도 축구 계속하더라."

아이는 고개를 갸웃하며 말했다. 그 말에서 미래에 대한 섭섭함이 스쳤지만 아이는 이어지는 이야기에서 더 따스한 빛을 발견한 듯했다.

"근데 정은이는 멀리서 뛰어와서 나를 일으켜주고 괜찮냐고 물어봤어. 정말 다정한 아이야." 아이가 말을 마치고 숟가락을 다시 들었지만 내 마음은 여전히 그 말을 곱씹고 있었다. '다정한 아이.' 그것은 아이의 눈에 비친 세상의 가장 맑은 모습이 아니었을까?

다정함이란 무엇인가

다정함은 강렬한 햇빛이 아니다. 누구나 알아차릴 수 있는 번쩍이는 존재감도 아니다. 다정함은 어쩌면 은은한 등불 같다. 작고 희미해 보일지라도 어두운 순간에는 그 어떤 것보다 분명하게 빛난다. 정은이의 행동이 바로 그런 빛이었다. 축구공을 쫓던 순간을 멈추고 친구를 향해 다가가 손을 내미는 행동. 그 작은 몸에서 나온 다정함은 아이의 마음에 깊은 울림을 남겼다.

아이는 예전에 이런 말을 한 적이 있다.

"엄마, 엄마 필명이 '다정한 태쁘'인데, 사실은 '사나운 태쁘' 아니야?"

그 말에 웃음이 터졌지만, 동시에 생각했다. '다정함과 사나움의 차이를 이렇게 정확히 알고 있다니.' 그 아이가 오늘 다시 "다정한 정은이"라는 말을 할 때 나는 알 수 있었다. 이 아이는 다정함이란 무엇인지 이미 알고 있다는 것을.

다정한 친구란 어떤 존재일까

나는 물었다.

"정은이는 정말 다정한 친구구나. 그런 친구랑 노는 건 어때?"

아이는 고개를 끄덕이며 대답했다.

"정은이랑 놀면 마음이 편안해. 한 번도 싸운 적이 없거든."

"마음이 편안하다." 그 말이 내게는 더없이 아름답게 들렸다. 마치 두 손으로 꼭 감싸 쥐고 싶은 꽃송이처럼. 그렇다. 다정한 친구란 그런 존재다. 함께 있으면 마음이 평온해지고 나의 날카로운 모서리마저도 부드러워지는 사람. 그들이 하는 작은 행동 하나가 지친 하루에 빛이 되고 아픔을 덜어 주는 손길이 되는 존재.

다정함은 선택이다

나는 아이들에게 자주 말한다. 세상 모든 친구와 친해질 필요는 없다고.

"너를 반복적으로 힘들게 하는 사람과는 거리를 두는 게 좋아. 사람 사이에도 맞고 안 맞음이 있어. 꼭 모두를 좋아해야 하는 것도, 모두에게 사랑받아야 하는 것도 아니야. 중요한 건 그 친구랑 놀 때 네 마음이 편안한지 자주 스스로에게 물어보는 거야."

다정함은 세상을 바라보는 하나의 방식이다. 세상을 날카롭게 볼 수도 있지만, 다정한 눈으로 세상을 보는 사람은 더 많은 빛을 발견한다. 다정함은 상대방을 이해하려는 마음에서 시작되고 그 마음이 행동으로 이어질 때 비로소 진정한 힘을 발휘한다. 나는 다정함을 가르치려 애쓰기보다 스스로 다정한 어른이 되려고 노력한다. 아이가 넘어졌을 때, "일어나."가 아니라 "많이 아팠겠구나."라고 말해 주는 것. 아이가 울 때, "그만 울어!"가 아니라 "엄마가 네 마음을 알아."라고 말해 주는 것. 그런 작은 다정함이 쌓여 아이에게도 다정한 마음씨를 심어 줄 것이라고 믿는다.

내가 바라는 건 단순하다. 아이들이 다정한 아이로 자라길. 그리고 아이들이 다정한 친구를 알아보는 눈을 가지길. 다정함은 작은 빛처럼 보이지만 그 빛이 모이면 세상은 더욱 따뜻해진다. 다정한 아이들은 그 빛을 따라 자신과 주변의 세상을 더 환하게 만들 것이다.

다정함은 우리가 선택할 수 있는 가장 따뜻한 길이다. 그 길을 따라가다 보면 나도, 내 주변 사람들도 조금 더 행복해질 수 있다. 당신도 다정한 빛을 따라 걸어 보면 어떨까? 그 빛은 당신의 삶을 환하게 비추고 또 누군가의 어두운 순간에 작은 등불이 되어 줄 것이다.

"다정함은 세상을 비추는 가장 부드러운 빛이자,
마음을 이어 주는 가장 강한 힘이다."

사람은
누구나 위대하다

세상을 살아가면서 우리는 수많은 사람을 만난다. 그중에
는 나와 비슷한 사람도 있고, 나와 완전히 다른 사람도 있다.
비슷함 속에서는 친밀감을 느끼고, 다름 속에서는 거리감을
느끼곤 한다. 하지만 '다름'은 꼭 나쁜 것일까?

내가 이런 생각을 하게 된 데는 남편의 영향이 크다. 남편
은 나와 너무 다르다. 느려도 너무 느리다. 나는 아침에 일어
나자마자 후다닥 움직이며 하루를 시작하는데, 남편은 침대
에서 늘어진 고양이처럼 한참을 기지개를 켜고 천천히 일어

난다. 나는 뭐든 한꺼번에 빠르게 끝내는 걸 좋아하지만 남편은 꼭 하나씩 순서대로 천천히 해야 한다. 그런 남편을 보며 한때는 이렇게 생각했다. '어쩜 이럴 수가 있지? 느리다는 것도 이 정도면 재능 아니야?' 같이 외출하려 하면, 남편은 현관문이 잘 닫혔는지 한참을 쳐다본다. 덕분에 엘리베이터를 여러 번 놓친 적도 많다. 아니, 도대체 닫힌 현관문을 왜 그렇게 오래 바라보는 걸까? (이 부분은 아직도 이해되지 않는다.) 연애할 때도 마찬가지였다. 데이트를 준비할 때마다 그의 여유로움이 나를 초조하게 만들었고 빠르게 결정을 내리지 못하는 그의 태도가 때로는 지루하게 느껴지기도 했다. '이 사람은 왜 이렇게 여유가 넘칠까?'

하지만 시간이 지나면서 그의 속도 속에 숨겨진 가치를 알게 되었다. 남편은 세상만사에 불편함이 없다. 어떤 상황에서도 여유를 잃지 않으며, 정확하고 꼼꼼하게 일처리를 한다. 실수가 거의 없고 항상 일을 마무리할 때는 완벽한 결과를 가져온다. 그는 내가 보지 못한 작은 디테일을 놓치지 않고 그 덕분에 많은 문제를 미리 예방할 수 있었다. 뿐만 아니라 남편은 이해심이 넓고 공감 능력이 뛰어나다. 나는 종종 "어떻게 저 사람은 저렇게 행동할 수 있지?"라고 상대를 비판하는 데 반해 그는 "그럴 수도 있지."라고 말하며 다른 사람의 입장을 헤아린다. 이런 그의 태도는 때로는 내가 어이없게 느껴질 정도로 관대하다. 하지만 10년을 함께 살아 보니, 그가 가진 이 관대함과 공감 능력은 나에게 없던 귀한 덕목이라는 걸 알게 되었다.

나의 20대는 날카롭고 모가 났다. 세상과 사람을 바라보는 기준이 엄격했고 그 기준에 맞지 않으면 쉽게 불편함을 느꼈다. 하지만 이런 그의 태도가 시간이 지나며 나에게도 큰 영향을 미쳤다. 날카롭고 모났던 내가 둥글둥글해지기 시작한 것이다. 10년을 함께 살다 보니 남편은 나를 성격 좋은 사람처럼 만들어 놨다. 이제는 웬만한 일에도 "뭐, 그럴 수도 있지."라는 말을 내뱉고 있는 나를 발견한다.

우리는 흔히 자신과 다른 사람을 평가할 때, 자신의 기준을 잣대로 삼는다. 그리고 그 기준에 맞지 않으면 '틀렸다'고 판단한다. 나 또한 그랬다. 하지만 남편을 통해 배운 것은 다름이란 틀림이 아니라는 것이다. 오히려 다름 속에는 내가 채우지 못했던 빈 공간이 있고 그 다름을 인정할 때 비로소 관계가 깊어지고 나 자신도 성숙해질 수 있다.

사람은 누구나 자신만의 철학과 방식을 가지고 살아간다. 어떤 사람은 빠르게 움직이며 세상을 바꾸고, 또 어떤 사람은 천천히 자신의 페이스대로 세상을 바라본다. 누군가는 논리적 사고로 사람들을 이끌고 누군가는 따뜻한 마음으로 세상을 위로한다. 이 모든 철학과 방식은 각자가 자신의 삶을 살아가는 나름의 이유와 방식에서 비롯된 것이며 그 누구의 철학도 틀리지 않다. 우리는 모두 다르다. 그리고 그 다름이 모여 더 풍요롭고 따뜻한 세상을 만든다. 그 모든 다름은 저마다의 방식으로 세상에 기여하고 각자의 고유한 빛을 낸다.

이러한 시선은 인간관계에 큰 영향을 미친다. 다름을 인정하기 시작하면 우리는 더 이상 상대방을 고치거나 변화시키려 애쓰지 않는다. 대신, 그 사람이 가진 강점을 발견하고 그들과 함께 조화를 이루는 방법을 찾게 된다. 나와 다른 사람을 이해하고 존중할 때 서로를 통해 배우는 기회가 늘어난다. 무엇보다 이런 태도는 상대방에게 안전하고 편안한 감정을 심어 주며 서로의 다름을 성장의 자양분으로 삼을 수 있는 환경을 만들어 준다.

오늘도 나는 남편에게 배운 마음으로 세상을 바라본다. 나와 다른 사람들을 만날 때마다 그들의 다름 속에 숨겨진 위대함을 찾으려 한다. 그리고 그 다름을 인정하고 존중하며, 내 삶을 더욱 풍요롭게 만들어 간다.

우리 모두가 서로의 다름을 인정할 때, 세상은 더 넓고 따뜻해진다. 누구나 자신만의 철학과 위대함을 가지고 살아간다는 사실을 기억하며, 나와 다른 모습에 쉽게 화내거나 짜증내기보다 다름을 발견하는 재미를 느껴보면 어떨까?

> "나는 그대가 나와 다르다는 점에서 그대를 사랑한다."
> -에리히 프롬

처세 6단계,
행복을 위한 용기

솔직함의 탈을 쓴
무례함

친구가 새로운 일을 시작하며 불안을 토로할 때, "됐어, 뭘 그리 열심히 살아."라고 말하는 것은 솔직함을 가장한 무례일 뿐이다. 반면, "그 과정이 두렵겠지만, 너라면 잘해낼 수 있을 거야."라고 말하며 상대의 불안을 받아들이는 대화는 왜 어려운 걸까?

무례한 솔직함은 때로 비판과 조언을 가장해 타인을 자신보다 낮게 두려는 태도다. 이런 말들은 듣는 이에게는 상처로 남고 말하는 이에게는 관계에서 우위를 지키기 위한 자기방어일 때가 많다. 엉키고 꼬인 자신의 감정을 상대에게 던져버리는 것이다.

나는 왜 무례한 사람들에게 웃으며 대했을까?

살면서 누군가 나에게 무례한 말을 한 순간들이 있었다. 그들은 종종 자신의 말을 '솔직함'이라 포장했다. 내 성취를 가볍게 여기며 "그거 별거 아니던데.", "넌 왜 항상 감정적으로 반응하니?" 같은 말을 내뱉었다. 그 말들이 나를 무너뜨리는 동안 나는 정작 아무 말도 하지 못했다. 대신 애써 웃으며 "그래, 내가 좀 그래."라고 받아들였다. 이런 무례한 솔직함에 대한 나의 태도는 어때야 했을까? 나는 왜 맞서지 못하고 애써 웃으며 넘겼을까? 내 부족함과 감정을 있는 그대로 받아들이지 못하면, 무례한 사람 앞에서 결국 당할 수밖에 없다.

내가 무례함에 침묵했던 이유를 돌아보니, 몇 가지가 있었다.

불필요한 갈등을 피하고 싶었다.

무례한 사람에게 맞서거나 내 감정을 드러내면 오히려 상황이 더 악화될까 두려웠다. "괜히 말해서 일이 더 커지면 어쩌지?"라는 걱정이 나를 침묵하게 만들었다.

내 감정의 무게를 스스로 낮췄다.

"이 정도쯤은 참을 수 있지."라고 생각하며 불편한 감정을 억눌렀다. 그러나 억눌린 감정은 시간이 지나면서 더 깊은 내면의 상처가 되었다. 예민하게 반응한다는 말을 듣기 싫어서 그랬던 것 같기도 하다.

그들의 말에 일정 부분 진실이 있다고 믿었다.

그들의 말이 어쩌면 맞을지도 모른다고 생각했다. 내 안에 자리 잡은 불안과 자기 의심이 그들의 무례한 말투에 더욱 흔들렸다. "내가 정말 예민한 걸까?", "내가 너무 과민 반응 하는 걸지도 몰라." 스스로를 의심하며 결국 그들의 평가를 받아들이고 말았다. 무례함을 느끼면서도 아무 말도 하지 못했던 이유는 어쩌면 내 안에 있던 불안이 그들의 말에 힘을 실어 주었기 때문인지도 모른다. 결국, 나는 타인의 시선 속에서 나 자신을 왜곡되게 바라보고 있었고 그래서 무례함에 침묵하며 웃어 넘겼던 것이다.

진짜 솔직함이란 무엇인가

무례한 사람들에게 내 감정을 회피하며 웃어넘겼던 과거의 나를 돌아보면 결국 내 안의 감정을 직면하기가 두려웠기 때문일 것이다. 내가 정말로 느꼈던 감정(화남, 실망, 혹은 슬픔)은 내 안에서 무시당했다. '괜찮다'라고 자신을 속이며 감정을 묻어 둔 것이다.

나를 향한 무례함 앞에서도 내 감정을 무시하지 않았어야 했다. 내가 느낀 감정을 으레 '그런 감정'이라고 무시하지 않았어야 했다. 솔직함은 나를 이해하고 받아들이는 힘에서 시작된다. 그렇게 된다면 타인의 무례를 "참아 낼" 필요가 없다. 내가 나를 온전히 이해할 때 스스로 함부로 대하지 않을 용기를 얻는다. 그리고 나를 존중하는 만큼 타인도 나를 존중해 무례한 말을 거둔다.

솔직함은 단순히 있는 사실을 말하는 것이 아니다. 그것은 어마어마한 내면의 힘이 필요한 일이다. '저 사람은 내 이야기를 어떻게 생각할까?'에서 시작해, '괜찮아, 나는 나니까.'

라는 결론에 도달하기까지의 과정이 곧 솔직함의 본질이다. 솔직함은 자신과의 대화에서 시작된다. 왜 나는 이런 감정을 느끼는지, 왜 이런 반응을 보이는지 스스로에게 묻고 이해하는 과정에서 출발해야 한다. 내가 나를 제대로 마주하지 못한다면 세상이 나를 어떻게 이해하든 무슨 소용이 있겠는가?

진짜 솔직함과 무례함은 다르다

진짜 솔직함은 나를 지키면서도 상대를 존중하는 태도에서 나온다. "나는 그렇게 생각하지 않아.", "그 말은 듣기에 불편해."라고 차분하게 말하는 것이다. 반면 무례한 솔직함은 타인을 깎아내리며 자신의 불편함을 해소하는 태도에서 비롯된다. "넌 원래 그런 거 못하잖아.", "내가 알기로는 그렇지 않아."와 같은 말들이 여기에 속한다.

무례함을 당했을 때

무례한 말을 들었을 때, 침묵으로 대응하는 것도 방법이다. 때때로 침묵이 가장 강력한 무기가 된다. 그러나 모든 상황에서 침묵이 답은 아니다. 때로는 단호한 말이 필요할 때도 있다. 무례한 말을 들었을 때 "그렇게 말하는 건 불편해."라고 차분하게 말하는 것, "나는 그렇게 생각하지 않는다."라고도 말할 수도 있어야 한다. 무례한 사람에게 맞서지 않는 것이 언제나 정답은 아니다. 그러나 반대로, 감정을 격하게 드러내는 것도 좋은 방법은 아니다. 중요한 것은 침착하고 단호한 태도로 나의 감정을 지키는 것이다.

살면서 적당히 말해야 할 순간들은 많다. 내가 한 말이 오해가 되어 돌아온 경험도 있을 것이다. 하지만 결국 중요한 것은 내가 나를 어떻게 바라보느냐다. 무례한 사람의 말에 흔들리지 않기 위해서는 '나의 감정을 스스로 인정하고 지키는 연습'이 필요하다. 감정을 억누르고 침묵하는 것이 항상 정답이 아니라 그 감정을 나 스스로 받아들이고 필요할 때는 단호하게 표현하는 것. 이것이 진짜 솔직함의 힘이다.

> "무례한 사람의 말이 나를 무너뜨리게 둘 것인가,
> 아니면 나의 솔직함으로 나를 지켜낼 것인가?"

거리 둘
용기

아무리 내면이 단단하고 너그럽다 해도 모든 사람과 잘 맞을 수는 없다. 몇 마디 나눈 대화가 머릿속에서 떠나지 않아 괴롭고, 쓸데없는 것에 에너지를 소비하게 되는 경험은 누구에게나 있다. 화를 내지 않았더라도 상대의 얄미운 말이나 비아냥거림에 '왜 내가 이런 걸 겪어야 하지?'라며 속상해할 때가 있다. 그만 잊어야지 다짐하면서도, 마치 고장난 리모컨처럼 머릿속에서 그 생각을 끌 수 없다. 이럴 때 가장 먼저 믿어야 할 건 자신의 직감이다.

직감은 우리의 경험과 기억에서 비롯된 섬세한 감각이다.

시간이 지나고 보면 처음부터 불편했던 느낌은 대부분 맞아떨어진다. 당신의 직감을 믿고 불편함을 주는 사람과는 적당한 거리를 유지하라. 가까이 다가가지 않는 것이 좋다. 싸우라는 말이 아니다. 거리를 확보하라. 난로 가까이에 손을 대면 화상을 입고, 너무 멀리 떨어지면 추위를 피할 수 없다. 적당한 거리를 찾으면 그제야 난로의 따뜻한 온기도 느끼고 너무 춥지 않게 되는 것이다.

대화가 편안하고 잘 맞는 사람과는 깊이 소통하되, 대화할 때마다 불편함을 느끼는 사람과는 적당한 거리를 두는 것이 현명하다. 대화 중 감정 조절이 어렵고 스스로를 좋은 사람이라고 느끼기 힘들다면 그 관계는 조정이 필요하다.

다음과 같은 유형의 사람들과는 거리를 두는 것이 좋다.
- 자존감이 낮아 피해의식이 강한 사람: 객관적인 조언을 해 줘도 '네가 안 당해 봤으니 그런 말을 한다.'며 매사 부정적이고 감정적으로 받아들인다.
- 소극적 공격성을 드러내는 사람: 심사가 뒤틀릴 때 나

에게만 불리하게 행동하거나 미묘하게 나를 괴롭힌다. 회신해야 하는 중요한 업무 메일도 일부러 늦게 보고 회신하지 않으며 상대방을 전전긍긍하게 만든다. 내면이 가장 불안정한 사람으로 다른 유형보다 겉으로 잘 드러나지 않아 시간이 지나고 알게 되는 경우가 많다.

- 부정직하거나 준법정신이 없는 사람: 준법정신과 정직은 인간이라면 응당 지켜야 할 도리와 같다. 그러한 도리를 하지 않는 사람들의 행동은 결국 나에게도 피해를 끼친다.

- 나르시시스트: 질투와 시기로 인해 불필요한 갈등을 만들고 상대를 끌어내리려 한다.

이런 피해야 할 사람들은 의외로 주변에 많다. 좋은 사람들에게 더 많은 에너지를 쏟고, 불편한 자리에서 억지로 나를 혹사시키지 말자. 또한, 누구나 한 번쯤 복수를 꿈꾼다. '너도 한번 당해 봐.'라는 생각은 스스로 통제하지 않으면 자연스럽게 떠오를 수 있다. 하지만 그런 감정을 상대에게 드러낼 필요는 없다. 악순환의 고리를 만드는 일일 뿐임을 명심해야 한다. 나만의 기준으로 거리를 결정하고 그 거리만큼만 다가갈지 한 발 물러설지 판단하면 된다. 그리고 그런 사람 앞에서는 말을 줄여라. 내 얘기를 하고 싶어도 먹잇감이 될 뿐이라는 점을 잊지 말아야 한다. 말하기 전에 먼저 생각하자. 깊이 고민하지 않고 내뱉은 말은 결국 후회로 돌아온다. 생각 없이 말할 수 있는 사람과는 생각 없이 말해도 된다. 그만큼 대화의 결이 통하기 때문에 복잡하게 생각할 필요가 없지만 나를 불편하게 만드는 사람과의 대화에서는 잠시 생각한다고 큰일이 일어나지 않는다. 말을 하기 전에 생각하는 것은 연습이 필요한데, 가장 좋은 연습은 지금까지 그들과 했던 말을 100분의 1로 줄이는 것이다. 10분의 1이 아니다. 100분의 1이다.

이 원칙을 실천할 때 중요한 것은 지나치게 냉정해지지 않는 것이다. 가능하면 포용력을 갖고 상대방을 이해하려는 태도를 가져야 한다. 내가 상대를 오해한 것은 아닌지 신중히 확인하고 단순히 기분이 상했다고 해서 섣불리 관계를 단절해서는 안 된다. 하지만 같은 불편함이 반복되어 더 이상 참는 것이 무의미하다고 판단된다면, 그때는 관계를 정리하는 결단을 내려도 좋다.

관계는 결국 선택이다. 나의 에너지는 유한하다. 나를 성장시키고 행복하게 하는 관계에 에너지를 투자하자. 좋은 사람과의 관계는 나를 더 나은 사람으로 만들어 주지만 반복적으로 나를 소모시키는 관계라면 거리를 두고 나를 지키는 것이 현명하다.

인간관계에서 "포용"과 "거리 두기"는 양립할 수 있다. 감정적 소모를 줄이기 위해 거리를 확보하면서도 포용력을 잃지 않는 태도를 지켜야 한다. 좋은 사람과의 관계를 키우기 위해서는 나의 진심을 보이고 공감을 주고받는 연습이 필요하다. 에너지를 긍정적으로 쓰는 이런 관계들은 나를 성장시키고 행복감을 준다.

스스로에게 물어보자. '이 관계는 나를 더 좋은 사람으로 만들어 주는가?' 만약 아니라면, 거리를 두고 나를 지킬 용기를 가져야 한다.

> "진정한 지혜는 누구와 어울리고
> 누구와 멀어져야 할지 아는 것이다."

울타리

"엄마, 사랑이가 좋아서 거절을 못하겠어." 둘째 딸이 말했다. 순간 가슴이 철렁 내려앉았다. 딸의 한마디에 내 마음이 요동쳤다. 첫째 아들을 키우면서 느꼈던 감정과는 또 다른 무언가가 가슴 깊이 스며들었다. 아이의 말속에는 단순히 친구와의 사소한 갈등이 아닌, 아이의 마음 깊은 곳에서 시작된 감정이란 무언가가 자라고 있었다.

나는 침착하게 물었다. "친구를 좋아하는 것과 거절을 못하는 게 어떤 관계가 있을까?" 아이는 약간 머뭇거리며 대답했다. "다른 친구한테는 싫으면 싫다고 얘기하는데 사랑이한

테는 싫다고 말을 못 하겠어. 내가 거절하면 나랑 친구 하지 않겠다고 하면 어떻게 해?"

그 말을 듣는 순간 나는 아이가 느끼는 복잡한 감정을 온전히 이해할 수 있었다. 그리고 동시에 내 어린 시절이 떠올랐다. 나 역시 좋아하는 사람 앞에서는 거절이라는 단어를 입 밖에 꺼내는 게 어려웠다. 거절은 마치 상대방을 밀어내는 행위 같았고 그러한 선택이 우리 관계에 돌이킬 수 없는 균열을 가져올까 두려웠다.

"아…." 짧게 한숨을 내쉬며 나는 딸의 마음에 깊이 공감했다. 우리는 모두 거절을 잘하지 못한다. 특히 내가 좋아하는 사람에게는 더더욱. 아이에게 어떤 말을 해 줘야 할지 잠시 머뭇거렸다. '엄마'라는 타이틀을 달고 살아가면서도 이런 순간엔 여전히 내가 미숙하다는 걸 깨닫는다. 무엇보다 내가 아이에게 주고 싶은 답이 나 자신에게도 필요한 답이라는 사실을 알았기에 더욱 신중할 수밖에 없었다.

나는 아이의 눈을 바라보며 조심스럽게 말했다.

"사랑이가 정말 좋은 친구라는 건 엄마도 알 것 같아. 그런

데 사랑이가 진짜 좋은 친구라면 네가 거절을 해도 그걸 이해해 줄 수 있어야 하지 않을까?"

아이는 고개를 갸웃했다. "그런데 내가 거절하면 사랑이가 기분 안 좋잖아. 나랑 친구 안 하겠다고 하면 어떡해?"

나는 잠시 생각에 잠겼다. 이 문제는 단순히 아이의 문제가 아니었다. 우리 어른들조차도 여전히 겪고 있는 문제다. 사회생활에서 인간관계에서 그리고 가족 사이에서도 거절은 여전히 어렵다. 상대를 실망시키고 싶지 않아서 관계가 틀어질까 봐 혹은 내가 나쁜 사람처럼 보일까 봐 우리는 자주 침묵하거나 억지로 수락하곤 한다.

거절이 주는 부담과 인간관계의 본질

심리학에서는 거절을 어려워하는 이유를 "배척에 대한 두려움(rejection sensitivity)"으로 설명한다. 이는 인간이 본능적으로 사회적 유대감을 추구하기 때문이다. 사회적 연결은 우리에게 안정감과 소속감을 주지만 그 연결이 끊길 가능성을 감지할 때 우리는 스트레스와 불안감을 느낀다. 특히 좋아하는 사람에게 거절을 해야 하는 상황에서는 이 불안이 더욱 증폭

된다. 하지만 거절은 반드시 부정적인 결과를 낳는 것은 아니다. 관계 심리학자 존 가트맨(John Gottman)은 "건강한 관계는 갈등을 통해 더욱 깊어진다."라고 주장한다. 거절이 오히려 관계의 진정성을 시험하는 기회가 될 수 있다는 것이다.

좋은 관계는 서로의 다름을 존중하는 데서 시작된다. 내가 거절했을 때 상대가 이를 이해하고 받아들인다면 그 관계는 더 성숙해질 수 있다. 반대로, 거절 하나로 관계가 단절된다면 그 우정이나 애정은 처음부터 진정한 것이 아니었을 가능성이 크다.

"친구가 네게 싫다고 말하면, '내 마음을 거절했으니까 너랑 친구 안 할 거야.'라고 할 거니?" 아이는 잠시 고민하더니 대답했다. "음… 아니, 사랑이도 자기 마음이 있을 테니까."

나는 고개를 끄덕이며 다시 물었다.

"그럼 네가 사랑이를 좋아하는 것처럼, 사랑이도 너를 좋아한다면 네 마음을 존중해 줄까? 아니면 '이제 너랑 친구 안 할 거야'라고 할까?"

아이는 잠시 침묵했다. 나는 그 침묵을 깨며 말을 이었다.

"사랑이가 정말 너를 좋아하는 친구라면, 네가 싫다고 해도 화내지 않을 거야. 좋은 친구는 서로 다름을 이해하고 배려하는 사람이야. 그런데 네가 불편한데도 참기만 하면, 사랑이랑 노는 게 점점 재미없어질 거야. 네 마음이 가장 중요해. 그렇지 않니?"

딸은 천천히 고개를 끄덕이며 말했다. "그럼 사랑이한테 싫은 건 싫다고 말해도 되는 거야?"

나는 환하게 웃으며 답했다. "그럼! 네 마음을 솔직하게 말하는 것도 사랑이를 진짜 친구로 생각하는 방법 중 하나야. 사랑이도 네 마음을 알게 되면 더 좋은 친구가 될 수 있을 거야. 그리고 친구가 너에게 불편하다고 하면, 너도 그 마음을 이해해 줄 거잖아. 진짜 친구란 그런 거 아닐까?"

마음의 울타리 세우기

그날 밤 딸의 고민에 대해 다시 한번 떠올려봤다. 내가 딸에게 해 준 이야기는 곧 나 자신에게도 필요한 메시지였다. 좋아하는 사람일수록 거절이 어렵고 그만큼 관계를 유지하기 위해 더 애쓰고 싶어지는 마음. 하지만 내가 나를 지키지 못한다면 그 관계는 결국 나를 상하게 할 뿐이다. 우리는 모두 자신만의 정원을 가진 정원사다. 그 안에는 우리가 가꾼 소중한 꽃들이 피어나고, 바람과 햇살 속에서 저마다의 향기를 뿜어낸다. 하지만 아무리 아름다운 정원이라도 울타리가 없다면 바람에 휩쓸려 씨앗이 날아가고 무심코 스친 발길에 꽃이 꺾일 수도 있다. 울타리는 우리 정원을 지키는 경계이자 우리 자신을 사랑하는 첫 번째 약속이다.

딸이 사랑이를 향한 마음과 거절의 두려움을 이야기했을 때, 나는 아이가 자신의 정원을 보호하기를 바랐다. "사랑이가 진짜 친구라면 네 울타리를 이해하고 그 안에 조심스레 들어올 거야." 딸이 마음속에 울타리를 세울 때 사랑이는 그 안에 핀 꽃의 진짜 아름다움을 보게 될 것이다. 그리고 진정한 친구라면 그 꽃을 꺾으려 하지 않고 그 향기를 함께 즐길 것이다.

거절은 닫힌 문이 아니라 열린 초대다. '여기까지가 내 울타리야'라고 말할 때, 진짜 관계는 그 경계를 이해하고 함께 성장한다. 나의 소중한 딸이 자신의 울타리를 세우며 관계의 품격을 배워가길 바란다. 그리고 나 역시 나의 정원을 더 단단히 가꾸어야겠다고 다짐한다.

"딸아, 너의 정원에는 네가 가장 아름다운 꽃을 심어야 해. 네가 스스로를 지킬 때 그 꽃들은 더 풍성히 피어날 거야. 그리고 네 정원을 존중하는 사람만이 그 곁에서 네 꽃의 향기를 나눌 수 있어. 울타리를 세우는 건 상대를 밀어내는 게 아니야. 그건 네 정원의 문을 열고 진짜 친구를 초대하는 가장 따뜻한 방법이야."

우리는 모두 마음속 울타리를 세우며 조금 더 단단해진다. 울타리가 만들어 낸 공간 안에서 우리는 자신을, 그리고 진짜 관계를 발견하게 된다. 나는 딸과 나의 정원이 아름답게 피어날 날을 기다린다.

> "경계를 세운다는 것은 더 건강한 관계를 위한
> 초대장을 보내는 것이다."

부드러운
거절

거절이란 타인의 요청이나 제안을 받아들이지 않는다는 의사를 표현하는 것이다. 이는 단순히 '아니요'라고 말하는 것이 아니라, 자신의 경계를 설정하고 관계를 조율하는 중요한 사회적 상호작용이다. 일상에서 우리는 크고 작은 수많은 요청에 직면하게 된다. 이때 적절한 거절은 건강한 관계 형성의 핵심이다. 무조건적인 수락은 결국 나를 소진시키고 관계를 더 취약하게 만든다. 상대가 나의 희생을 당연하게 여길수록 나는 점점 불편함을 느끼고, 감정이 쌓이다가 결국 폭발하듯이 관계를 단절하게 될 수도 있다. 관계가 무너지지 않도록 하는 방법은 필요한 순간에 적절한 거절을 할 줄 아는 것이다. 부드러운 거절은 나를 지키면서도 상대를 존중하는 균형을 잡는 행위다.

우리는 왜 거절을 어려워할까? 인간은 본능적으로 사회적 동물이기에 소속감을 강하게 추구한다. 원시시대에는 집단에서의 배제가 곧 생존의 위협으로 이어졌기에, 현대에도 우리는 거절이 관계의 단절을 초래할 것이라는 무의식적인 불안을 느낀다. 또한 타인에게 좋은 사람으로 보이고 싶다는 욕구는 종종 자신을 희생하며 상대방의 요구를 수락하게 만든다. 이는 사회적 압박과 인정 욕구가 결합한 결과로 어릴 적 경험이 성인이 된 후에도 영향을 미칠 수 있다.

일상의 다양한 맥락에서 거절은 각기 다른 양상을 띤다. 딸은 좋아하는 친구라 거절하기 어려워했지만, 고민 끝에 솔직하게 마음을 전했다. 그리고 둘의 관계는 여전히 돈독하다. 이 경험은 거절이 단순히 관계를 깨는 것이 아니라 관계의 진정성을 확인하는 기회임을 보여 준다. 거절은 자신의 정체성을 지키고 경계를 설정하는 행위이며 나를 타인과 구분 짓는 동시에 진정한 관계의 초석이 된다. 경계가 없는 관계는 시간이 지날수록 한쪽이 소진되거나 불만이 쌓여 결국 깨질 가능성이 크다. 그러나 경계는 상대방에게 나의 가치를 전달하고 관계를 더욱 진정성 있게 만드는 도구가 된다.

"진정한 관계란 무엇일까?"

건강한 관계는 요청을 무조건 수락하는 것이 아니라 서로를 존중하고 각자의 가치를 이해하는 과정에서 깊어진다. 거절은 바로 이러한 관계의 진정성을 확인하는 기회가 된다. 내가 거절했을 때 상대가 그것을 수용하고 이해한다면 그 관계는 더 성숙해질 가능성이 크지만 반대로 거절 하나로 관계가 단절된다면 그 관계는 애초에 진정한 의미의 우정이나 사랑이 아니었을지도 모른다.

그렇다면, 우리는 어떻게 부드럽게 거절할 수 있을까?

첫째, 자신만의 우선순위를 분명히 해야 한다. 모든 요청을 받아들이기 전에 내가 가진 시간과 에너지를 고려하고 중요한 것부터 우선해야 한다.

둘째, 상대방의 요청에 즉각적으로 답하기보다, 잠시 생각하는 습관을 들이는 것이 좋다. "잠시 생각해 볼게."라는 말은 자신에게 여유를 주고, 상대방에게도 기다림의 여지를 준다.

셋째, 거절할 때는 상대방의 입장을 공감하면서 간결하고 진솔하게 이유를 전달해야 한다. 지나치게 많은 설명은 오히려 진정성을 떨어뜨릴 수 있다. 진심 어린 설명과 함께 미래의 가능성을 열어 두는 것이 좋다.

마지막으로 가능한 대안을 제시하는 것도 좋은 방법이다. "지금은 내가 도와줄 수 없지만 이런 방법을 시도해 보면 어떨까?"라는 제안은 상대방이 거절을 덜 부담스럽게 느끼도록 돕는다.

거절하는 순간, 나를 더 존중하게 된다

거절을 잘한다는 것은 나를 존중하고 있다는 의미다. 관계 속에서 무조건적인 희생이 아닌 건강한 균형을 찾는 것. 그 균형이 나를 더 단단하게 만든다. 부드러운 거절은 관계를 망치는 것이 아니다. 오히려, 관계를 더욱 단단하게 만든다. 거절을 통해 나의 경계를 존중하는 사람과 그렇지 않은 사람이 분명히 드러난다.

무조건적인 희생은 좋은 관계를 만들 수 없다. 건강한 관계는 서로를 존중하는 곳에서 피어나고 거절은 단순한 기술이 아니라 나를 지키고 관계를 지켜내는 태도다. 부드러운 거절을 통해 우리는 나 자신을 지키면서도 관계를 더 건강하게 만들어 갈 수 있다.

거절할 때는 부드럽지만 단호하게 나를 존중할 때, 관계도 더욱 단단해진다.

> "당신은 모든 사람을 만족시킬 수 없다.
> 당신의 주된 책임은 당신 자신의 삶을
> 잘 살아가는 것이다."

힘을
빼야지

　이 단순한 말이 왜 이렇게 어려울까? 골프를 치며 새삼 깨닫는다. 힘을 빼야 공이 멀리 나간다는 것을 알고 있지만 막상 스윙을 할 때 힘을 빼는 것은 생각보다 쉽지 않다. 공을 더 멀리 보내고 싶은 욕심에 어깨와 팔에 힘이 잔뜩 들어간다. 하지만 그럴수록 공은 내가 원한 방향이 아니라 엉뚱한 곳으로 날아간다. 글쓰기에 집중하느라 한동안 골프를 쉬었다. 오랜만에 남편과 스크린 골프를 치러 갔는데 초보 골린이가 오랜만에 치니 공이 제대로 맞을 리 없었다. 공은 자꾸 엇나갔다. 스윙할 때마다 '이번엔 제대로 맞겠지.'라는 마음으로 더 강하게 힘을 주게 되고 그럴수록 공은 더욱 비틀거린다. "힘을 빼야 공이 제대로 맞아. 힘으로 치려고 하면 오히려 더 안 맞아." 남편의 조언을 듣고 힘을 빼려 노력하지만 몸이 마음처럼 따라주지 않는다. '힘을 빼자'고 다짐해봐도 막상 스윙할 때는 여전히 긴장된다. 스윙이 끝난 후에도 손아귀에는 뻣뻣하게 남은 힘의 흔적이 느껴진다. 골프는 단순히 공을 맞추는 운동이 아니었다. 오히려 내 몸과 마음을 통제하는 법을 배우는 과정이다.

우리는 살아가면서 종종 힘을 준다. 어떤 일을 잘 해내고 싶을 때, 목표를 반드시 이루고 싶을 때, 관계에서 내 뜻대로 상대를 변화시키고 싶을 때. 하지만 힘을 주면 줄수록 결과는 내가 원했던 방향으로 흘러가지 않는다. 오히려 더 엇나가는 경우가 많다. 골프의 스윙처럼 인생에서도 힘은 주는 것이 아니라 빼는 것이 필요하다. 힘을 뺐을 때 비로소 모든 것이 자연스럽게 맞아떨어진다. 어쩌면 힘을 빼는 것은 단순히 몸에 들어간 긴장을 풀어내는 것이 아니라 마음에서 비롯된 집착을 내려놓는 일일지도 모른다. 목표를 이루어야 한다는 강박, 잘해야 한다는 부담, 완벽해야 한다는 기대. 이런 것들이 마음에 차곡차곡 쌓일 때 몸에도 힘이 들어가고 결국 원하는 결과는 더욱 멀어진다.

공이 멀리 날아가야 한다는 욕심, 스코어를 잘 내야 한다는 기대, 그리고 남에게 잘 보이고 싶은 은근한 자존심까지. 이런 것들이 모여 나를 더 경직되게 만든다. 그리고 깨달았다. 힘을 빼는 것은 단순히 근육을 풀어내는 일이 아니라 내 마음의 짐을 덜어내는 일이라는 것을.

살면서 힘을 주고 있었던 순간들이 떠오른다.

아이를 키우며 "이렇게 해야 해."라고 지나치게 집착했던 순간, 직장에서 "완벽해야 해."라고 스스로를 몰아세웠던 순간, 그리고 관계에서 "나를 더 이해해 줘야 해."라고 상대를 강요했던 순간들. 그 모든 순간들이 오히려 결과를 망치게 한 이유는 내가 힘을 너무 주었기 때문이었으리라. 힘을 빼는 연습을 하기로 한다. 삶의 모든 순간에서. 아이들과 시간을 보낼 때, 일을 할 때, 글을 쓸 때, 그리고 사람들과 관계를 맺을 때. 나는 더 이상 내 욕심과 기대에만 매달리지 않기로

했다. 대신 자연스럽게 흐르게 두고 필요한 순간에만 가볍게 스윙을 하기로 한다.

인생이라는 필드에서 중요한 것은 세게 치는 것이 아니라 내가 원하는 방향으로 정타를 치는 것이다. 그 과정에서 힘을 빼는 법을 배우는 것은 단순한 기술을 넘어 삶의 태도다. 삶에서 힘을 빼야 한다는 것은 단순한 포기가 아니라 욕심과 불안을 내려놓고 내가 쌓아온 시간과 노력을 신뢰하는 일이다. 골프 스윙처럼, 인생에서도 과한 힘이 들어가면 오히려 흐름이 어긋난다. 목표를 향한 지나친 집착이 아니라 나의 방향을 믿고 자연스럽게 흘러가도록 두는 것. 그것이야말로 진짜 힘을 빼는 연습이다.

결국, 내가 하는 모든 노력은 의미가 있다. 당장은 보이지 않더라도 쌓인 시간은 어느 순간 자연스럽게 내 것이 된다. 그러니 조급해하지 말고 지금의 나를 믿자.

내가 가고 있는 방향이 맞다면, 완벽하지 않아도 괜찮다. 흔들릴 때도, 멈춰 설 때도 있지만 그조차도 과정의 일부다. 힘을 빼고 불안을 내려놓고 나의 리듬을 찾을 때 비로소 삶은 가장 자연스러운 속도로 나답게 나아간다.

행복을 '도구'로 삼아야 할 때

(100세 시대를 살아가는 지혜)

　퇴직을 앞둔 직장 상사는 새로운 삶을 준비하고 있다. 그 모습에는 설렘과 두려움이 공존한다. 시아버님도 오랜 공무원 생활을 마치고 명예퇴직 하셨지만, 다시 새로운 일자리를 찾아 출근을 시작하셨다. 환갑이 다 되신 분들이다. 영화 〈인턴〉이 떠오른다. 은퇴 후에도 열정과 능력을 발휘하는 새로운 시대의 모습을 담아낸 작품이다. 우리의 긴 인생은 여전히 무언가를 이루고자 하는 열정과 불확실성의 연속이고 시대가 변하면서 '행복'의 의미와 역할도 새롭게 정의될 필요가 있다. 이제 퇴직이라는 개념은 더 이상 예전처럼 명확하지 않다. 평균 수명이 늘어나면서 우리는 100세 시대를 맞이했다. 현재 40대 이하는 130세까지 살 수 있다는 예측도 있다. 영국의 헬스케어 싱크탱크 Nuffield Trust에 따르면, 의료 기술 발전과 삶의 질 향상으로 2050년까지 전 세계 80세 이상 인구가 현재보다 3배 이상 증가할 것으로 전망된다.

그러나 길어진 수명이 꼭 축복만은 아니다. 경제적 안정과 사회적 역할을 지속하기 위해 많은 사람들이 늦은 나이까지 일해야 하고 이는 새로운 형태의 스트레스와 불안을 낳는다. 그렇다면 이 길어진 인생에서 행복하고 활기차게 살아가기 위해 우리는 무엇을 해야 할까?

행복은 생존의 무기다

김경일 교수의 행복과 회복탄력성 강연에서 이 질문에 대한 흥미로운 답을 들었다.

"행복이 뭐라고 생각하세요? 목표? 결과? 아닙니다. 행복은 우리가 고난을 이겨 내기 위한 '도구'입니다." 서은국 교수의 『행복의 기원』에서도 비슷한 통찰을 발견할 수 있다. 지옥 같은 상황에서 살아남은 사람들, 극한의 훈련을 견뎌낸 사람들, 심지어 초인적인 능력을 발휘한 사람들의 공통점은 그들은 행복을 느끼는 능력을 잃지 않았다는 점이다. 불행 속에서도 작은 행복을 찾아내고 그것을 자신을 지탱하는 무기로 활용했다.

일상의 작은 행복을 포착하는 법

우리는 종종 '큰 행복'만을 좇는다. 성공적인 경력, 안정된 가정, 원대한 목표 같은 것들. 하지만 행복은 크기가 아니라 빈도가 중요하다. 큰 행복은 인생에서 몇 번 찾아오기 어렵지만 작은 행복은 일상의 곳곳에 숨어 있다. 큰 성공이나 획기적인 사건보다 일상의 작은 기쁨들이 우리의 행복도를 더 많이 좌우한다. 나 역시 휴게시간에 잠시 들르는 회사 도서관이 작은 행복의 원천이다. 책장 사이를 거닐며 새 책 냄새를 맡고 가끔 발견하는 보물 같은 책들. 이런 소소한 즐거움이 하루의 피로를 씻어 준다.

이 작은 행복들을 놓치지 않기 위해 가장 효과적인 방법은 기록이고 글쓰기가 바로 그것이다. 행복을 기록함으로써 망

각되지 않게 하고 그 기록된 행복을 다시 읽으며 현재의 시련을 이겨 내는 실마리로 삼을 수 있다. 하루하루의 사소한 성취, 따뜻한 대화 한마디, 기대하지 못한 작은 기쁨들. 이러한 것들을 기록으로 남기면 그것이 결국 우리가 고난을 이겨 내는 원동력이 된다. 또한 단순한 기록을 넘어 그것을 현재의 힘으로 전환하는 것이 중요하다. "그때 그 추억으로 산다."는 말을 해 본 적이 있는가? 우리는 모두 힘들 때마다 과거의 행복했던 순간들을 돌아보며 힘을 얻을 수 있는 추억이 있다. 마치 배터리를 충전하듯이 기록된 행복은 우리의 정신적 에너지를 재충전해 주는 도구가 된다.

스스로의 삶에 대한 책임과 주체성을 강조하는 현대 사회는 끊임없는 자기 통제와 경쟁을 요구한다. 하지만 이제는 그 압박감 속에서도 나만의 행복을 찾아내는 기술이 필요하다.

얼마 전, 퇴직을 앞둔 상사와 차를 마시며 나눈 대화가 떠올랐다.

"20대에는 성공이, 30~40대에는 안정이 행복이라고 생각했어요. 그런데 이제 와서 보니 그 모든 순간에 행복이 있었더라고요. 다만, 그때는 미처 알아채지 못했을 뿐." 그 말을 들으며 문득 깨달았다. 우리는 늘 미래의 어떤 순간, 더 나은 상황에서 행복을 찾으려 하지만 실은 지금 이 순간에도 행복은 우리 곁에 있다는 것을.

나 역시 요즘은 매일 저녁 짧게나마 그날의 좋았던 순간들을 메모하고 있다. 어제는 창밖을 보며 마신 따뜻한 커피 한 잔, 오늘은 점심시간에 우연히 마주친 동료와 나눈 웃음 한 번. 처음에는 쓸 게 없어 몇 분이고 고민했지만 이제는 하루에도 수많은 행복한 순간들이 보이기 시작했다. '처음엔 억지로라도' 행복을 찾아내고 기록하는 습관을 들여보자. 그리고 그것을 나만의 생존 도구로 만들어 보자. 100세 시대, 긴 인생을 살아가며 우리는 수많은 변화와 도전을 마주하게 될 것이다. 퇴직은 끝이 아닌 새로운 시작이 되고 나이 듦은 두려움이 아닌 또 다른 가능성이 될 수 있다.

우리에게 진정 필요한 건 거창한 행복이 아니다. 일상의 작은 순간들을 놓치지 않는 섬세한 시선, 그리고 그것을 기록하고 다시 꺼내 쓸 수 있는 지혜다. 오늘도 누군가는 60대에 새로운 도전을 시작하고 70대에 새로운 꿈을 꾸며 80대에도 여전히 삶의 의미를 찾아가고 있다. 그들에게서 배우는 것은 단 하나, 행복은 나이와 상관없이 우리 모두의 생존 무기가 될 수 있다는 것이다.

아이들이 모두 자는 늦은 밤, 오늘 하루의 소소한 행복들을 떠올려본다. 작은 것에서 행복을 찾고, 매일 감사하는 날들이 모여 만든 '나에게 다정한 하루'들이 내 안에 쌓여간다.

> "일상의 행복을 알아보는 다정한 시선이
> 삶을 흔들리지 않게 한다."

독자의 일상에 균열을 일으키는 글

글이란 무엇인가.

새로운 글을 쓰고 싶다.

평소 쓰던 글과는 전혀 다른 새로운 장르거나 새로운 필체거나 무엇이었든.

이런 마음이 용솟음치지만 그와 동시에 머릿속이 복잡하게 얽혀 있다. 글감은 고갈되고 무엇을 써야 할지조차 감을 잡지 못하는 나날이다. 이 막막함의 시작은, 어쩌면 한강의 『채식주의자』를 읽은 그 순간부터였던 것 같다. 책을 덮은 뒤에도 한동안 그 여운에서 벗어날 수 없었다. 사실, 내가 이틀간 고기를 먹지 못했음을 고백한다. 그저 소설일 뿐이라고 생각했던 책이 내 식생활까지 바꿀 정도로 강한 파급력을 줄 줄은 몰랐다. 처음에는 단순히 감정적으로 휩쓸린 거라 생각했다. 하지만 시간이 갈수록 이 변화가 단순한 감정의 파도가 아니라, 뭔가 더 근본적인 질문에서 비롯된 것 같다는 생각이 들었다. 새벽에 이불을 박차고 일어나듯, 3일째 되던 날 결국 닭발을 시켰다. 하지만 몇 점 먹지 못하고 포기했다. 잔상은 무서웠다.

"꿈을 꿨어."

이 문장이 떠오를 때마다 속에서 거북한 무엇인가 올라온다. 닭발을 시킬 때만 해도 괜찮으리라 생각했다. 나는 논리적이고 현실적인 사람이니까, 그렇게 생각했으니까. 그런데 현실은 생각만큼 간단하지 않았다. 잔상은 마치 내 일상과 감각을 잠식하는 듯했다. 그래서 오늘도 풀떼기만 먹었다. 평소 같으면 웃으면서 농담 삼아 "채식하는 삶도 나쁘지 않네."라고 말했겠지만 어머님의 시그니처인 등갈비에 손이 가지 않았다. 이런 내 모습이 한편으로는 웃기면서도 낯설다.

소설 한 권이 이렇게나 사람을 바꿀 수 있다니.

　나는 그 책을 읽고 난 뒤부터 생각이 끊이지 않는다. '글이란 무엇인가? 왜 그 글은 내게 이렇게까지 영향을 끼쳤을까? 그리고 나는 왜 여태까지 써왔던 글과는 전혀 다른 글을 쓰고 싶다는 갈망에 휩싸이는 걸까?'

　글이란 단순히 정보를 전달하는 매개체라고 생각했던 적도 있다. 그러나 이제는 그것만으로는 설명되지 않는 무언가가 있다고 느낀다. 글이 사람의 행동과 생각을 바꾸고 심지어는 삶을 잠시라도 바꾸게 만들 수 있다면 그것은 단순한 매개체 이상이다.

　글은 때로 독자를 찌르고, 흔들고, 변화시키는 힘을 지닌다.

　한강의 『채식주의자』는 할 말이 많은 책이었다. 이 책을 다룬 서평들은 대부분 영혜가 당한 폭력에 집중한다. 하지만 나는 남편과 언니인 인혜가 오히려 영혜에게 폭력을 당했다고 생각했다. '누구도 나를 이해해 주려고조차 하지 않는다.' 이것을 폭력이라 한다면, 왜 영혜는 단 한 번이라도 이해받기를 바라는 행동을 하지 않았을까? 그런 기괴한 모습을 한 그녀를, 나는 과연 이해할 수 있었을까? 영혜가 왜 그랬는지 이유를 어렴풋이 알 것 같을 때 그녀에게 연민은 일었지만, 그녀의 행동 자체를 이해하기는 어려웠다. 그럼에도 불구하고 내가 한동안 고기를 먹지 못하게 한 한강 작가님의 필력은 분명 내 뇌리에 오래도록 남을 것이다. 앞으로 내가 쓸 글의 나침반이 되어 주겠지.

독자가 읽음으로써 일상에 균열을 내는 글

책 한 권의 힘은 실로 위대합니다.

허투루 글을 쓰지 못하겠다는 엄중함이 마음에 새겨집니다.

이 책, 『처세 9단의 다정한 철학』은 바로 그 마음으로 썼습니다.

이 글이 누군가의 마음속 깊은 곳에 작은 파동이 되길 바랍니다.

그 파동이 하루를 바꾸고, 생각의 균열을 일으켜 새로운 길을 열 수 있기를 소망합니다.

글 한 줄, 한 문장이 누군가에게 위로이자 변화의 시작이 되기를 간절히 꿈꿉니다.

그렇게 이 책이, 당신의 일상에 다정한 빛으로 스며들기를

바랍니다.